老年書生のこだわり

原田國夫

彩流社

目次

はじめに

人はだれもがこだわりをもって生きている。その対象は、広範で、その程度は人によってさまざまである。「こだわる」を辞書でひくと、「ちょっとしたことを必要以上に気にする」(『大辞泉』)。「ひとつのことについて強く思い入れたり、執着すること」(『実用日本語表現辞典』)。「わずかのことに理屈をつけて文句をいう。なんくせをいう」(『日本国語大辞典』)。「心に決めたことを他からの圧力に負けず押し通すこと」(weblio)など、とある。

人はいつごろからこだわりをもつようになるのだろうか。生まれて間もない赤ん坊の時分からという人もいる。しかし、受動的に生きている間は、その影は薄く、一般的には、自我が芽生える年頃から数えて、数年を要するのではないかと思っている。

数学者で文化勲章受章者の岡潔は、人の生い立ちをおおよそ次のように見ている。

「生まれて三か年は童心の季節と呼び、この季節においては、人は自分という意識を持たない。四つになると時間と空間というものが少しわかってくる。運動の主体としての自我も出てくる。五つになると自他の別がわかるようになり、自分の感情、自分の意欲というものを自覚するようになる。自分の身体、感情、意欲をすべて自己中心に考える。六つになると集まって遊ぶようになる。他人の喜びをわかるのはその後で、他人の悲しみをややわかりかけるのは小学三、四年生ごろである」（『岡潔集（第五巻）』学習研究社、一九六九年、一三六頁）。

この説から、私は、こだわりをもつのは、自他の別がわかり、自分の感情、意欲というものを自覚し、時という情緒がわかるようになり、自分の置かれている境遇がわかるようになる十歳前後ではないかと推測している。そして、こだわりは固定的なものではなく、その後の社会との関わり、他者との比較の中で変容し、不確かなものから確かなものへと形成され、やがて青年期に至り、顕著なものとなって習慣化していく。それは、老年期に至るも連綿と修正を加えながら繰り返されていく。

こだわりは、自身の行動を規制し、その人固有の特性、個性をつくりあげていく。その集積された姿はその人の人生そのものである。こだわりは、人の特性のポジティブな面とネガティブな面を併せもち、置かれた状況においてプラスにも作用すればマイナスにも作用する。例えば、ある者は、こだわりのさらなる深化を求めることでその道のプロとなって成就する場合もあれば、他方、ある者は、ある事柄に固執し過ぎて多様な選択肢を見失い、所期の目標を達成できない場合もある。適度なこだわりは自身の成長の促進剤になって成功へと導き、過度なこだわりは自身を破滅へと向かわせることはよく見聞するところである。

既刊の拙著『もの言える老人のための条件――老年書生の境地』と『新・老年書生の境地』は、いずれも〝シニカルな視点で世相を観る〟という自己の特性から、日々感じていることを随筆風にまとめたものである。いわば私自身のこだわりの一片である。団塊世代生まれの私は、戦後にあってなお、情緒教育を重んじる環境で育った世代である。したがって、その内容は全体的に、「教条的」「べき論的」で「ステレオタイプ」の感は否めないが、自身のこだわりは、同世代には共感をもって受け入れられ、若い世代には教訓的メッセージとして参考になるのではないかとの思いでまとめたものである。

この二冊を書き上げた時点で、「老年書生の境地」は終わりの予定であった。なぜなら、内容が、先達によって既に触れられているものが多く、新鮮味に欠けるきらいあったこと、自身の提言内容が新規性や進歩性が一見あるように見えても、その効果が不明であること、換言すれば単なるアイディアであって発明には至らないということである。加えて、近年多くの情報は、インターネットから容易に検索できるし、情報源の多様化はＳＮＳに顕著である。ということで、あえて持論をまとめることに躊躇したからである。

そんな心的状態にあって、今夏、分析心理学者で元文化庁長官の河合隼雄の『昔話と日本人の心』(岩波書店、一九八二年)を読んだ。最初、「昔話」ときいて、ストーリーが単純で、示唆する内容も簡明と高を括ったのがいけなかった。登場人物たちの行状からみる深層心理は複雑で、一度読んだだけでは理解できない。三〇〇頁余の本に二カ月も費やしてしまった。

なかでも、「老の意識」に引かれるものがあった。ユング派の分析者であるヒルマンによれば、老の意識の特徴は、その両面性にあるという。それは長老の姿で表されるように、古来から不変の規則をかたくなに守ろうとする面と、そのような頑固さを一挙に破壊してしまおうとする面である。それはあくまでも固く冷たく、不変の姿をとっていながら、その底にはそれを一挙に崩してしまう自己破壊の傾向があり、両者の間の緊張感の存在がこの意識の特徴だという。

「老の意識は、『苦い真実』と『冷たい現実』に対するたじろぐところのない知恵である。老の意識は地底の究極の深さから世界を観る視点をもつもので、物事を冷たく距離をとって見ている」(二四五頁)。それは、ペシミスティックでシニカルな世界観となりやすく、すべてを虚無として見る見方に通じるものがあり、私自身の物事の見方とも共通する。

ここに新たな自身の置き場を得た私は、これまで既刊の著書のなかでほぼ言いたいことはいったつもりであったが、再度、老年書生の視点で「こだわり」をまとめるのもよいと考えるようになった。

こだわりは人の数ほど広範かつ多様である。したがって本書で取り上げるこだわりは、私自身が日常的に習慣化しているもの、関心が高いものを中心に挙げてある。科学的根拠は必ずしも明確とはいえないが、これらのこだわりの成果が「現在の私」である。現在七十三歳の私は心身ともに健康である。ぜひ、お読みいただき参考にしていただければ幸いである。

章立ては三章から成る。

第一章は、「老年書生のこだわり」として、私の体験談を披露している。（1）健康へのこだわり、（2）書くことへのこだわり、（3）学ぶことへのこだわり、（4）興ずることへのこだわり、とした。

第二章は、「こだわりを捨てて現実と向き合う」として、現在の自己中心的な風潮を改めてもう少し肯定的に見てはどうかという提言である。（1）格差社会の現実と向か合う、（2）多様性社会の現実と向き合う、（3）欲に対するこだわりを捨てる、とした。

第三章は、「再びのこだわり」として、人間の生き方の基本を改めて問い直し、残された自身の人生の終活を想定した。（1）期待される人間像——品性、（2）最後のミッション、である。

こだわりから入り、こだわりを捨て、再びこだわりに回帰する。以上が私の希求する生き方である。その過程で自身の価値観を再認し、評価される社会的自己《アイデンティティー》を見い出すことができればいいなあと思っている。

この本が上梓される来年（令和五年）、私たち夫婦は結婚五十周年を迎える。長くも短い道のりであったが、私のわがままを受け入れ、陰に陽に支えてくれた妻、貞代には紙面を借りて改めて感謝申し上げたい。今日では珍しい「亭主関白」の人生を送れたのだから。

第一章　老年書生のこだわり

第一章は、私の関心の高いこだわりの順に、(1)健康へのこだわり、(2)書くことへのこだわり、(3)学ぶことへのこだわり、(4)興ずることへのこだわり、を挙げた。

「健康へのこだわり」では、自己実現を達成するためには、心身の健康が第一であり、そのために習慣化している健康管理の方法と心の持ち方について述べた。

「書くことへのこだわり」では、日記を五十数年書き続けてきたことで培った克己心、設計図のある人生とその結果である自分史の重要性について述べた。

「学ぶことへのこだわり」では、教養人でありたいという思い、それを実現するためにはどのようなことが必要なのか、現在も続けていること、これからするべきことを述べた。

「興ずることへのこだわり」では、車を持たない、ゴルフをしないことで得た私の興ずる世界の一端を披露した。趣味の世界に遊ぶことは、人生の息抜きにはとても重要なことで、皆それぞれに違ったことに興ずるものがあるからこそ人生は面白く楽しい。

（1）健康へのこだわり

健康は多くの人にとって身近で関心の高いテーマである。長寿社会にあって、さらに百歳まで生きようとする超高齢化社会である。その健康法を尋ねると、それぞれにこだわる健康法がありその多種多様さに驚く。食事法、運動法、瞑想的精神法、宗教的信仰など。

食事法といっても、食材の効能効果に注目して、大蒜、高麗人参、胡桃など強壮食材を取り入れる人、魚料理を中心にして肉料理を取らない人、ベジタリアンなど。運動法では、毎朝あるいは夜間に決まった時刻に一定の距離をジョギングする人、毎週決まった曜日にプールに通い水泳を楽しむ人、目標値を決めて室内でスクワットや腕立てをする人、山登りを趣味として各地の名山踏破を試みる人、庭で素振りをする人など。瞑想的精神法では自宅の広縁で座禅を組む人、写経する人など。宗教的信仰では、信仰する宗教で定まっている経を唱える人など……。そして、多くは自分の健康法が一番であると自負している。

健康法の目的は、ストレスに強い精神力、免疫力の高い肉体を獲得して、日々、元気に活動・活躍ができることなど、これもそれぞれに異なる。いずれにしても自身が求める〝自己実現の欲求〟を満たすためには健康管理は欠かせない。

以下、健康に関するこだわりのなかで、特に習慣化している私のこだわりを紹介する。

［1］早起き

早起きは、新聞販売店の住み込み苦学生だった時代からの習慣である。午前三時半頃から四時頃に新聞が本社から販売店に届く。トラックから梱包された新聞が店先の路面に投げ出される。ドンドンと強く響く。それが起床の合図だ。配達部数約三百五十部。早速、前日に用意しておいたチラシを新聞誌に折り込む。そして四時半頃から配り始める。以来、この時の習慣が今なお続きすっかり朝型人間になってしまった。今も起床時刻はほぼ四時半頃。目覚まし時計の力を借りずに起きることができる。生涯睡眠時間の不足を嘆くことはなく、むしろ覚醒時間の長さを喜んでいる。そのせいかどうかは定かでないが、いまだ健康な日々を送っている。〝老年書生の境地〟である。

野鳥の朝は早い。私の住まいのある南生田では、七月中旬、ウグイスが四時二十分頃になると決まって庭の李の樹にとまって「ホーホケキョ」と二度鳴いて去っていく。まるで、起床係のように正確だ。ウグイスの鳴き声は聞き慣れているせいか心地よく気分も爽快になる。この鳴き声を聞けるのは早起きの特権の一つだ。他方、この数年の傾向であるが、「ギャギャギャ」とも「ギーギーキョキョキョキョ」となんとも形容のしがたい大音響を立てる鳥がいる。体長約二十二～二十五センチで色は茶褐色～黄褐色で腹の中央は灰色、眼の周りとその後方に眉状に伸びた白い紋様があり嘴は黄色の鳥である。最初に聞いたのは伊豆・宇佐美の雑木林の中であった。周囲の人に尋ねても、誰も鳥の名前を知らない。この鳴き声をヒヨドリだという人もいたがそのけたたましい音響はヒヨドリの比ではない。そして、一年後にようやくその鳥がガビチョウ（画眉鳥）であることを知った。中国南部から東南アジア北部にかけて広く生息する鳥で、中国ではペットとして飼われているという。流石、「大人」（ダイジン）の国だと感心したが、ガビチョウの鳴き声は主張が激しく日本人好みではないような気がする。ただ、ガビチョウの鳴き声は闘争心を掻き立てる。このガビチョウが四時三十分頃から鳴き出し、五時前にはカラスが数羽「カァーカァー」と会話を始め、五時二十分頃には山鳩が「グァワグァワ、グググー」と営巣場所を求めて鳴き出す。私の住まいは自ずと早起きせざるを得ない環境にあるようだ。

「早起きは三文の徳」という諺があるが、故事ことわざ辞典によれば「朝早く起きれば健康にも良いし、それだけ仕事や勉強がはかどったりするので得をするということ」とある。いまどき「三文」を文字どおりに金銭換算（現在価値で五十円～百円程度）する人はなく、「徳」は人徳を意味し、精神的に徳積みされるイメージとして受け止められている。また、諸々の効率性の視点からもポジティブな指針として解されている。

早起きが健康によいということは、自律神経が整うことで内臓の働きや体温調節など身体の機能を正常にしてくれるうえに、精神的にもゆとりが生まれるため、ストレスに強い心身を作るのに効果があるという。また、朝は、睡眠により脳内の疲れが解消され情報が整理されるために、集中力が増し仕事や勉強がはかどるといわれる。今日では科学的裏付けもあり、この説明は納得であるが、農業が国の基幹産業であった時代では、朝遅くまで寝ている者は家の恥であったし、戦前・戦中であれば惰眠を貪る輩は、まさに非国民の烙印を押されたであろう。戦後に至っても朝の遅い人は金持ちの道楽息子ぐらいで、羨望のまなざしで見られていたのを思い出す。

亡き父は、明治三十二（一八九九）年、農家の次男として生まれたせいか、国鉄を退職後も日の出とともに起き、日の暮れるまで田畑の仕事に精を出していた。まさに一年中早起きの人であった。亡くなる直前の一週間前まで好きな焼酎（度数二十五度）を愛飲した。

私の起床時刻は前述のように平均四時半である（永平寺の修行僧の起床時刻は、夏は三時半、春と秋は四時、冬は四時半と聞く）。出勤時刻の七時三十分までには三時間（食事等を除いても二時間）ある。前日からの読みかけの本を読んだり、書き忘れていたことを日記に補足する。会社に到着する九時過ぎには、頭は既にフル回転しているので、いつでも仕事モードに切り替えられる。皮肉もブラックユーモアも軽妙だ（課員には迷惑な場合もあるだろうが）。日々是好日、爽快な一日が始まる。

最近この諺が現在でも通用するのか考えてみた。この諺には、前述のようにいつまでもだらだらと寝ている人を道徳的に戒める含意があり、殖産興業に向かった時代の国策の一環という見方もできる。日本の産業構造が第一次産業（農業、林業、漁業）が五割以上の時には当然に受け止められたであろう(大正九年第一回国勢調査：十五歳以上の就業者の割合は、第一次産業が五四・九%、第二次産業が二〇・九%、第三次産業が二四・二%)。しかし、その後、高度経済成長期に伴って、産業構成が大きく変化し、平成二十二年には、各四・二%、二五・二%、七〇・六%となっているのを見ると、産業構成の変化は国民を夜型に変えたことが容易に想像できるし、令和二(二〇二〇)年の新型コロナウイルス禍は国民に働き方改革を求め、在宅でのテレワークやリモートワークを推奨している。

結論は、この諺は現在でも「制限的に」有効であるが、そもそも「早起き」の意味がうやむやになっていると解している。

[2]分散睡眠

分散睡眠という言葉があるかどうかは知らない。ただ、この二十数年の自身の睡眠のとり方をみると、この言葉があてはまる。つまり、一日の睡眠を二度に分けてとっている。

仕事から帰宅して食事をとる。入浴と食事は前後することがあるが、汗を多くかいた日は、入浴(湯舟に浸かる)あるいはシャワーを先に済ませてから食事をとる。

一度目は、午後八時頃から午後十時頃までの約二時間。人はこれを「仮眠」というかもしれないが、私自身は本来の睡眠であってただそれが短時間であることだと思っている。

二度目は、午前零時(午後十二時)頃から午前四時半頃までの約四時間半である。

ここで分散睡眠とは、本当は、朝まで熟睡していたいのだが本人の意に反して（例えば、高齢になって夜間なんどもトイレに立つ）睡眠が分断されるというのと根本的に異なる。なんらかの目的の下、意識的に睡眠を複数回に分けて取ることを意味する。

人の平均睡眠時間については、古くから八時間といわれてきた。その根拠はあいまいであるが一日二十四時間を三等分した数値であろう。ＮＨＫ放送文化研究所が二〇二〇年に調査した結果によれば、国民全体の平均睡眠時間は、七時間十二分で、男性は七時間二十分、女性が七時間六分で、女性の睡眠時間が若干少なくなっている。年齢層別では四十代から六十代では六時間台と短く、最も短いのは女性の五十代で六時間三十六分である。

これは日本人の平均睡眠時間についてであるが、世界をみれば、例えばスペインでは「シエスタ」という昼寝文化あるからその平均睡眠時間は八時間三十六分、フランスは八時間三十分、イギリス八時間二十四分、アメリカ八時間四十八分という某寝具メーカーの調査結果もある。

これらの調査結果は一例として受け止めるべきで、自身の睡眠時間と比較することはナンセンスである。そもそも最適な睡眠時間は人それぞれで、体質、年齢、健康状態、精神状態等の個人的要因に影響されるところ大だからである。例えば、悩みごとや心配ごとがあれば就寝してもなかなか寝付かれず睡眠時間は長くても眠りが浅い場合もあれば、嬉しいことや喜ばしいことがあれば、その達成感に酔い、睡眠時間が短くでも眠りが深い場合もある。

睡眠には、脳や身体の疲労回復、免疫機能の増加、記憶の固定化や感情整理などの重要な役割がある。持論の「ミクロの生死」では、ミクロの生命の復活を意味するから、自身の生命を健全に保つためには、自身にとっての最適睡眠（方法と時間）を獲得することが重要となる。

人にとって最適な睡眠時間は何時間か？　については、〝修行僧に学ぶ〟が一番だと思っている。以下は、永平寺の修行僧の一日の過ごし方である。ちなみに永平寺は道元が開山した曹洞宗の大本山であり、父母が眠る菩提寺・円通寺（むつ市）は曹洞宗のお寺である。

修行僧の一日は、季節によって起床時刻が午前三時半（夏）、四時（春、秋）、四時半（冬）と異なるが、就寝は夜九時からすれば、一日の睡眠時間は六時間三十分～七時間三十分が平均になる。したがって、この時間帯にあれば最適な睡眠時間を確保しているとみてよい。

　さて、分散睡眠をすることになったきっかけであるが、五十七歳の年、定年後の生き方について悩んでいた。選んだ道は首都大学東京大学院社会科学研究科博士前期課程への進学であった。院生の多くは上場企業の若きエリートビジネスマンであった。初めて聞くビジネス用語、課題図書の理解、課題レポートの期限内提出、議論についていけない劣等感、仕事との両立は結構厳しいものがあった。仕事疲れの頭では、集中力も続かず、着想も湧かない。焦る気持ちを切り替えるために考えたのが短時間睡眠である。すると、その日の雑念から解放され、クリアになった頭で課題に取り組むことができるようになった。効率も上がった。もちろん、二度目の睡眠はともすれば午前一時から二時に就寝となってその時間も三時間程度のこともあったが、不思議と翌日の日中も覚醒し疲れが残らなかった。

現在、一度目の起床と二度目の就寝までの間は、その日のできごとなどを日記し、読みかけていた本を読み、あるいは、著書の目次構成や進め方を検討し、専門書を読むなどに費やしている。

私の睡眠時間は一度目と二度目を合わせると平均六時間三十分となるが。その他にも昼休み中に喫茶店で十五分程度は熟睡していることが多いし、通勤電車の中では下車する駅の一つ前の駅で眠り、寝過ごしてしまうこともあるので実質的には七時間ということになろう。

分割睡眠は、健康によくない、と睡眠の専門家はいうかもしれない。しかし、世界の偉人のなかには分割して睡眠をとっていた人がいた。ナポレオン・ボナパルトの三時間は有名である。もっとも馬上で仮眠したともいわれているから、場所を選ばず瞬時に熟睡できたスーパー・ショートスリーパーであったのだろう。そして、発明家のトーマス・エジソンの四時間である。

今から五十年以上も前、昭和四十年代の頃、「東大に合格するには睡眠時間は五時間以内でないといけない」といわれたものである。私には縁のなかったことであるが、睡眠のとり方にも智慧が働いていたのであろう。

[3] 鼻うがい

新型コロナウイルスは、型を変えて進化し、その猛威に収束の兆しがみえない。そうしたなかにもかかわらず、令和四年の夏は、行動規制が解除された。梅雨明けが極端に早く、全国各地で猛暑日が続く。気温三十六度前後の高温があたりまえのような日常になっている。国民は熱中症対策にも注意をはらいながら相変わらず不自由な生活を強いられている。

三年ぶりに行動規制をしなかった今年のお盆休み、初日の十一日には全国の感染者数は二十四万人を超えるまでに増加した。現在のオミクロン株ＢＡ・５は、感染力は強いが重症者が少ないこともあり、お盆を利用して帰省する人、海外へ向かう人の数はコロナが流行する以前の状態に戻る勢いである。

さて、政府も自治体もなんら有効策を見出せないまま、マスクの着用、手洗い、うがい、三密の回避、ワクチンの三回目、四回目の接種を提唱するだけである。聞きようによっては、医療機関に頼ることなく、自主防衛を主とし、軽度の場合は自宅で適切な対応をとるようにするのが最善であるという自己責任論も現れる始末である。

そこで、私は基本的で、ぜひ実行してもらいたい施策を紹介したい。それは「鼻うがい」である。もう、かれこれ二十年近く続いている、健康へのこだわりの中でも重点を置いているこだわりである。職場の同僚には機会あるごとに推奨しているが、なかなか首肯する者はいない。私自身が医師や感染症の専門家でなく科学的根拠に疑念をいだくからであろう。それに、第一、わずらわしくて面倒であると感じるからであろう。

「鼻うがい」の仕方は次のとおりである。

〈洗面所で、洗顔する際に（鼻だけ洗う際にも）、蛇口から手のひら（あるいはコップでもよい）に水（ぬるま湯がよい。一つまみ塩を入れるのもよいが習慣づけるのは案外むずかしい）を取り、両鼻孔から同時に水を吸い込んでははき出す。この動作を四～五回行う。時間にしたらせいぜい十秒もかからない〉

注意点は、

・あまり強く吸い込まないこと。強すぎると鼻の奥まで水が入り、鼻の奥・頭が「キーン」と痛むことがあるので加減は自身で決める。

・洗浄範囲は、鼻の先からせいぜい二センチ程度の奥までで十分である。鼻孔の先端と入口に付着したウイルスを排除するイメージでよい。

・鼻うがいの回数は、一日数回でよいが、出勤する前と帰宅後の二回は最低おこなってほしい。回数は多いほどよいというものでもない。過度な回数を設定して、それに制約されたら本末転倒である。

・「習慣化」するためには、特別の器具（市販の医療用補助具など）を使用することは愚の骨頂である。鼻うがいが有効だといって、片方の鼻孔に器具を挿入して水を入れ、もう片方の鼻孔から排出するようなやり方では長続きしない。簡単にできることが肝要である。

政府や自治体は、ワクチン接種の推進、その他対症療法的施策や経済社会的政策を打ち出すことはもちろん重要であるが、もっとも基本的なことがら（ここでは鼻うがい）の重要性と必要性について丁寧に説明し、そのための予算をけちらないことである。将来の感染予防の有効性からみれば微々たる金額である。無為無策のまま徒に医療費の膨張を許すことの方が、国の経済基盤を危うくする元になろう。

加えて、幼少期から衛生教育の一環としてこれを学校教育のカリキュラムに組み込むことができれば、今後も予測できない未知のウイルスに対してもその都度右往左往することなく、有効であると気づくべきである。

以上の提言は、あるときは時の政府や政治家へ、また、一般紙や週刊誌など出版社にも行ったが無視。科学的根拠が不明でかつ無名の一市民であることが検討の素材にもならず訴求力を欠いたのであろう。しかし、科学的根拠が不明であればこそ、「政治家の決断力」が活きると思うのであるが残念であった！

最後に、鼻うがいの有効性の根拠について、持論を披露しよう。それは、「修行僧に学べ」である。そこにヒントが隠されていると思っている。いまだ修行僧にクラスターが発生したと聞いていない。

曹洞宗の開祖、道元禅師は、『正法眼蔵』「洗面の巻」で、洗面の作法を細かく示されている。日本人がまだ顔を洗う習慣さえなかった時代である。そのなかに、桶に汲んだお湯で額から両方の眉毛・両目・鼻の孔・耳の中・頭や頬まで、脂や垢をこすって洗うことが示されている。注目すべきは鼻の孔である。少ない水を使って指で洗ったと思うのであるが、空気（気）を清浄する身体器官としてその役割の重要性を説いたものと思う。

修行僧の一日は厳しく、悟りのための修行が長期に渡るが、本源はこの洗面にありといえるのではないかと思っている。高僧・名僧の説教を聴きたいものである。

[4]下肢ストレッチと蹲踞の構え

定期健診で血糖値やHbA1cが予想していたよりも高いときは、過去二カ月間の食生活を思い出しては嗜好品の消費傾向がどうだったかを振り返っている。最初に糖尿病受診の際に管理栄養士さんからいただいた「食品交換表めやす表」を参照して、嗜好品とりわけ日本酒の酒量が前回に比してどうだったかを思い出している。時節柄飲む機会が多いときは要注意だ。ウイスキーや焼酎など蒸留酒は適量ならＯＫと言われているが酔いが伝わってこない。一方、大吟醸酒や純米酒など日本酒の馥郁たる香りが好きで、珍しい地酒には目がない。一単位＝八〇キロカロリー換算で日本酒だと70mlに相当する。酒好きが三単位で済むはずがない。結局、「次に飲むときは控えることにしよう」と心に決めてほろ酔い気分になるまで飲むことになる。これに加えてドーナツが好きだからなかなか目標値の達成には至らない。

医者からは「これ以上悪くなるようであれば少し強めの薬に変えてみましょう」と言われること

数度、そのたびごとに「次回まで再挑戦してきます」と心細い宣言をしてはクリニックを後にする。医者は、食事療法に加えて運動量を増やして消費エネルギーを増やすよう提言する。随分前には万歩計を腰に装着して一日の歩数を計測した時期もあったが、通勤経路のおおよその歩数を実際に測定したら四五〇〇歩から五〇〇〇歩とわかった時から装着する意味がないと勝手に判断して止めてしまった。

厚生労働省によれば、日常生活において身体活動量を増やす具体的な手段は、歩行を中心とした身体活動を増加させるように心がけることである。現に、歩数計を実際に使用している者は二十歳以上の一六・七％を占め、特に中高年者では三～四人に一人が使用しているという。そして、男性の二九・二％、女性の二一・八％（平成九年度国民栄養調査）が理想とする「一日一万歩」を歩いているという。平均歩数は各八二〇〇歩、七三〇〇歩である。

私の一日の歩数は、平均歩数の約五五～六〇％とかなり下回っており、このままでは糖尿病以外の生活習慣病（高血圧、心疾患、肥満、骨粗鬆症など）を併発する可能性が高いとようやく心配するようになった。そこで、いろいろ自分の特性に配慮してなにが効果的で飽きずに続けることができるか考えてみた。もともと球技は小学生の頃から好きで、野球、バレーボールなど得意としていた。ただ、ゴルフは紳士のスポーツというイメージが強く、〝百姓の子がゴルフなどやるものでない〟という固定観念があった。六十五歳を過ぎて、駅の階段や会社の階段で躓くことがときどきあった。〝これは一大事〟肢が自分の意思のままに動いていない。逡巡した結果が下肢ストレッチの導入である。

そこで、早速ストレッチに関する資料を集め、その効能も確認した。中学生の頃、体育の授業や部活の開始前によく「うさぎ跳び」をやらされたものである。時代が移り、今日では「うさぎ跳び」は膝に負担がかかり膝を痛めるという理由で行われていないという。代わりに「ストレッチ」の効能が説かれるようになって久しい。スポーツやその他の運動の前後に体を慣らすためやリカバリーのために取り入れられている。ただ、私には「ストレッチ」は、ゆったりとした動作から体を積極的に動かしていないイメージが強く、満足感が湧いてこない。ならば、太極拳のほうが緩急があり楽しそうだと思ったが、体を上下に動かすスペースが必要なうえに、同志がいないと続かないと考え、敬遠することにした。

しかし、筋力の衰え、下肢の衰えは転倒→腰骨折→入院→車椅子・寝たきりの悪夢を連想させ、贅沢な言い訳などしている場合でないと、自身を叱咤した。

ここで、ストレッチの効能についてあらためて調べてみるとその重要性に驚かされる。

①怪我予防：階段での躓きなど、柔軟性を保つことで大きな怪我を予防できる。
②筋肉の疲労回復：運動後の筋肉の疲労を取り除き、身体の回復を早める。
③ダイエット・姿勢改善・腰痛や肩こりの改善：美しい健康体が期待できる。
④パフォーマンスの向上：筋肉の温度を高め、神経からの伝達速度を速める。
⑤リラックス効果：副交感神経が優位になりストレスの軽減につながる。等々

この効能のすばらしさを知ったうえで残るは、生活リズムのどの時点にどんなストレッチを組み入れるかである。起床前に蒲団の上か、就寝前に蒲団の上か、日中会社の休憩時間や昼休み時間か、それとも思いついた時か、など、いくつか候補があがったが、結果は、〝朝の洗面時にその締め括り〟として、下肢ストレッチを組み入れることにした。

下肢ストレッチの仕方は、次のとおりである。

①大腿部背部のストレッチ：洗面台（七二センチの高さ）に片方ずつ肢を乗せ、膝の背部が延びるように前屈する。併せて反対側の腕をまっすぐ上に伸ばしながら体を左右に曲げ伸ばす。

②股関節のストレッチ：洗面台の上に片足を乗せ、股関節が開くようにゆっくり伸ばす。

③相撲の蹲踞の構え：洗面台の鏡に向かってつま先立ちで膝を左右に大きく開き、深く腰をおろし、相手と立ち合うような恰好で床に両手をつく。そして洗面台に手を置いてゆっくり体を元に戻す。当初は四股を踏むポーズも入れたが長続きできず、あえなく降参。

以上、①〜③までの所要時間は約二分から三分である。これなら毎朝できる。

気づけば、この半年、階段で躓くことがなくなった。足の指先まで指令が行きわたっているような気がするし昇り降りに怖さを感じなくなった。

[5]玉葱スライスと皮と臭い

①玉葱スライスとポン酢とアボカドのサラダ

食にかかわる健康へのこだわりのなかで、一押しは、「スライスした玉葱にポン酢をかけ、それにアボカドを添えた野菜サラダを毎朝食べる」食事法である。これで、今日、もっとも罹患率が高いとされる、〝認知症とがんにはかからない〟と信じ、社員にも豪語している。科学的医学的根拠というよりも、私の勝手な推論でありそれが心理的補強となっている。

〝健康管理は妻に任せるな！〟これは持論である。具体的に説明しよう。私は若い時から早起きである。毎朝午前四時から四時半には起床する。約一時間ほど先人の書いた著書を読む。例えば、現在なら分析心理学者で元文化庁長官・河合隼雄の『昔話と日本人の心』(岩波書店、一九八二年)である。そして、一区切りついたところで、簡単な朝食の用意をする。そのなかに玉葱スライスとポン酢とアボカドのサラダがある。理由は私の健康法を継続的かつ確実に実行するためである。かれこれ十年ぐらいは経つだろうか。

サラダの作り方は簡単である。ただ、継続するためにはそれなりに意識化された健康へのこだわりが必要である。最初の一〜三カ月ぐらいは百人中五人ぐらいはいるだろうがそれが半年、一年となればせいぜい二〜三人程度で、さらに三年以上ともなれば千人に数名ぐらいではないかと思っている。原理は簡単であるが、継続するためには高い目的意識が求められるのである。なにごとにも通用する姿勢である。

玉葱中サイズを半分に切り、おろしでスライスする。スライスした三分の二は私の分、残りの三分の一は妻の分、これにポン酢を加える。これまでコメ酢やワインビネガーを使ったこともあるが私にはポン酢が一番相性がいい。そして、アボカドを半分に切り、さらにその半分をそれぞれの皿に盛る。サラダのできあがりである。以前は、アボカドの代わりにスモークサーモンを加えたり、シーチキンやワカメを加えたこともあるが、アボカドが一番飽きがこないように思う。そのうえ、アボカドには関節炎予防効果があるというどこぞの大学の先生の記事を読んだことがあり、ひざ痛に悩む高齢者が多いなか、その予防効果が期待できると考えたからである。

主観年齢＝実年齢×〇・八と考えている者として、会社六十歳定年は実年齢七十五歳に相当するから、このこだわりは必須である。

②玉葱茶の飲用

玉葱は、実も皮も捨てるところがない。それぞれ有効に活用したいものである。玉葱茶は玉葱スライスを作るにあたり生まれる副産物であるが、効能は優劣がつけがたい。

剥いた玉葱の皮は捨てないで貯めて置き、一・五リットルに五グラム（計量器で測り、何度かしているうちに軽く一掴みで五グラムであるとわかるようになる）の皮を入れて、約十分煮たてる。すると色鮮やかな透明は琥珀色のお茶ができあがる。それは、高級ウイスキー、ビールの色にも似て美しい。無味無臭。癖がないから水代わりに飲用できる。近頃はいろんなお茶が製品化されて販売されているにも関わらず、市場で見かけることは少なくその認知度が低いのが不思議である。当社に訪ねてくる飲料メーカーの営業マンに商品開発のプロジェクトチームの結成を促しているが、軽くあしらわれている。残念である。

玉葱の効能は、一般的には「血液をサラサラさせる」作用があるといわれているが、その効能は五十数点に及ぶ。ここでは紙幅の関係でそのうちの数点を列挙する。

①血液中の不要な脂肪とコレステロールを溶かしてなくす。その結果、動脈硬化と高脂肪症を予防、治療する。

②血圧を下げる作用が顕著。その結果、高血圧の予防と治療に卓越している。

③インシュリンの分泌を促進し糖尿病を治療する。

④糖尿病によって現れる二次的な合併症の動脈硬化や高血圧はもちろん心筋梗塞や腎臓病、白内障などを予防、治療する、など。

こうした効能は、皮にも含まれておりそれを煎じてお茶として飲用すればより効果的である。煎じるのを面倒だという人も一度は試してほしい。特に四十歳を過ぎた人には勧めたい私の健康法である。

③玉葱臭吸引法

二十年ほど前にどこかの民放テレビ局が英国エリザベス女王の健康方法を放映したことがある。その時に女王が習慣にしている健康法が玉葱をスライスした後のにおいの吸引（深呼吸）を数回くり返すことであった。気管に清澄な空気が吸引される（肺活量は自然に多くなり）呼吸器疾患予防につながる。花粉症対策にも効く。女王は、令和四年九月八日、九十六歳で逝去されたが（夫のフィリップ殿下も九十九歳と長命にして昨年［二〇二一年］逝去されている）長命の秘訣はこれでなかったかと思っている。私も毎朝、スライスした後に真似ており、早や十数年に及ぶ。気持ちに余裕のある方はぜひお試しあれ。

［6］脳のウォーミングアップ

脳のトレーニング「脳トレ」は脳を鍛えることで認知症予防に効果的であるといわれ、高齢者の間では相変わらずの人気である。近頃は、そのゲーム性も手伝って若年層にまで幅広く人気を集めている。私の子どもの頃は、せいぜいトランプカードを使った神経衰弱や、まちがい探しなどで遊んだものであるが、いまやインターネットで検索すると無料アプリが多種にわたり紹介されている。専門医の監修によるアプリも多く、ゲーム制作会社とのコラボ製品も見られる。文字探し、まちがい探し、ひらがな計算、四字熟語探し、図形数量など数えきれないほどである。

私は「脳トレ」という言葉はあまり好きでない。脳を積極的に鍛えるという悲壮感が伝わってくるからである。とりわけ、高齢者がおそれる認知症を予防するために、一日のうち何時間も何種類ものアプリに挑戦する姿を想像してほしい。そして、客観性を持たせるという意味で、その正解数や解答時間数によって点数化するに至っては、団塊世代は死ぬまで受験競争の世代かと思ってしまう。

こういう私も、好きなものに数独がある。ご承知のとおり数独とは、３×３のグループに区切られた９×９の正方形の枠内に１～９までの数字を入れるパズルである。かれこれ十年近いキャリアである。ただ私の場合は、書店などで販売されている本を買うようなことはなく、インターネットでその日提供されたパズルに限定している。私の愛用している www.sudokugame.org は「数独無料ゲーム・数独問題集」で、初級・中級・上級・専門級・最高級の五種類が日替わりメニューで提供されている。そのなかから中級→上級ととりかかる。頭の冴えているときは専門級へ、そしてまれではあるが最高級へと進む。

冒頭見出しを「脳のウォーミングアップ」とした理由は、体のストレッチが、そのリラックス効果が期待するのであれば、ゆったりとしたテンポで時間をかけて行うのが理想であるように、脳の覚醒・活動も最初からがんがんと鍛えるのではなく、ゆっくりとあせらずに行うのが理想と考えてのことである。ゆっくりウォーミングアップすることで脳細胞が活性化するというイメージである。したがって一日の所要時間もおおよそ一時間三十分と決め、必ず専門級や最高級に進むことは期待しないし、上級で時間がくればすっきり諦めることはよくある。いかに脳に刺激を与え効果的であるといってもそれに呪縛されることにならないのが肝要である。こうした姿勢で楽しむせいか、いっこうに上達しないが、後述する「無心の世界」で遊んでいるようで至福のひとときである。

楽しむ場所と時間はおおむね、自宅が多いが、その部分を紙にコピーして通勤電車内ですることも多い。あるいは、出勤までの時間に余裕あるときは中級を自宅で、上級は帰りの通勤電車内でということもある。決められた時刻と場所で行うと規制すると楽しみは消えてしまうので制約されないことが秘訣である。電車内では夕刊フジ（火曜と木曜）の数独もリラックスしながら挑戦する。かつては当選者に三千円相当のクオカードが当たるというので、半信半疑ではがきで応募していた。それが六年前に本当に当選通知がありクオカードが届いた時には驚いた。この種の応募は当たることを予定していないから。そして、この当選を機会に以後応募はしないことに決め、ただ純粋に楽しむことを目的にした。出題者によっては良問のときもあればそうでないときもあるようで、その心情が見え隠れしてうれしくなる。

　数独のほかに私が楽しみにしているものの一つに、マッチ棒を一本動かすことによって左右の値が等しくなるようにしたパズルがある。これも夕刊フジに掲載された問題だけに限定して楽しんでいる。さらに産経新聞の日曜版には二つの絵のまちがい探しの問題が掲載されている。二十個のまちがいを探すのであるが、おおむね十八〜十九個はすぐに探せるが残りの一〜二個がなかなか見つからない。これも最後まで探そうとすると、かえって頭が疲れてしまうので二度探して気づかなかったときは即諦めるようにしている。

　脳トレのなかからどれを選ぶかは本人の性向によるが、いくら認知症の予防効果があると仮定してもそれに熱中して利用時間など自分でコントロールできなくなり、日常生活に支障をきたす、いわゆる「ゲーム障害」になっては本末転倒である。二〇一九年五月、ＷＨＯ（世界保健機関）は新たな病気として国際疾病分類に加えたくらいである。厚生労働省の調査では「ネット依存」が疑われている人は五百万人と推定されている。

私の主張は、脳を鍛えるのでなく、脳のウォーミングアップである。脳の専門家ではないので、不確かなことはいえないが、人の脳は、大脳、小脳、脳幹からなり脊髄とつながっている。なかでも大脳は脳全体の重さの八〇％を占める最も発達した脳の部位で、前頭葉、側頭葉、頭頂葉、後頭葉の四つに分化しており、前頭葉はものを考える・記憶するほか、運動指令を出し、側頭葉は記憶や言語や音の解析を、頭頂葉はものを感じ解析する空間認知の役割を、後頭葉は視覚機能が集まって目からの情報を取り入れ解析する役割があるとされている。これらの役割が円滑に働くようにするのがウォーミングアップである。

今の私であれば、十一月までに次の著書の原稿を書き上げるという目標があるので、その目的から外れることのないように、脳に適度な刺激を与えることであり、その範囲で数独を楽しむことである。

[7]アメリカンポップス

わが人生で唯一悔いが残るとすれば、楽器を演奏できないということである。チャンスは何度かあったが、縁がなかった。楽譜を読めない。ときどき通勤電車のなかで楽譜を開きメロディーを追っている同年代に会うことがあるが、なぜか高尚で羨ましいと思う。だからといって、近頃ブームとなっている、高齢者向けの音楽教室などへ通うようなことはしたいとは思わない。

縁がないということは偶然も重なるものである。中学一年生のときに吹奏楽部に友人がいた。だれもいない音楽教室にクラリネットが無造作に置いてあったので、吹いてみようと手に取り、吹いてみたが音が全然出ない。たまたま教室の隅に水を張った消火用のバケツあったので水面ぎりぎりに近づけて空気が出ているか試そうとして吹いているところを担任の先生に見つかった。大目玉をくらった。当時、田舎の中学では高価な楽器である。水に浸けていたずらしていたということになり、以来、音楽教室は鬼門になってしまった。

中学二年生の頃だったと思うが、合唱のメンバーに選ばれた。地区や県の合唱コンクールの上位入賞が目標だったからその練習は厳しかった。女性の音楽教師は音楽大学を出てまだ日も浅かったが、放課後遅くまで、ピアノに向き合ってきびしく指導してくれた。

ところが、私は、一人で歌うときは音程もしっかりしているのだが、いざ合唱となるとなぜか音程がずれて音痴のように皆と揃わないのである。ときどき、女教師が不満そうに中断する。そんなことが何度か続いていると、原因が自分にあるように思えて歌えなくなった。ある日わけを話して合唱メンバーからはずしてもらった。

高校生のとき、エレキギターが流行り出した。ビートルズの来日でブームとなり、村や町のあちこちにグループサウンズが結成された。音がうるさいので周囲から敬遠された若者たちは廃屋や物置小屋を練習場に利用した。しかし、夜遅くまで練習するので勉強はおろそかになり、一部は不良生徒のたまり場にもなっていた。そのため楽器の購入はもちろんのこと、そうした場所への出入りを親から固く禁じられた。――高校時代に聴いた「アルハンブラ宮殿の思い出」は、その哀切なメロディーがいつまでも脳裏に焼き付いて離れず、聴くたびにいつもギターを奏でていた級友を思い出す。

　こうして楽器演奏には縁のなかった私であるが、音楽を聴くことは好きだった。といっても生家には古びた蓄音機が一台あり、数枚の童謡のレコードに交じってショパンの有名な曲が刻まれたレコードが一枚あるきりだった。自然とショパンを聴くことが増えていった。幻想即興曲嬰ハ短調は飽きるほど聴いたから、最初の二、三音だけでそれとわかった。「原田君はどんな音楽が好きですか」と訊かれて「クラシック音楽です」と答えることが恥ずかしく、それ以上深入りしてこないことを祈ったものである。その後、上京してカセットテープを手に入れてからは、しばらくはブラームスのヴァイオリン協奏曲ニ長調（ベルリン・フィルハーモニー管弦楽団、指揮ヘルベルト・フォン・カラヤン）だけを聴いていた。今ではすっかり擦り減って所々音が飛んだりしているが、それでも新しいものに買い替えたりＣＤに変更する気はなく、宝物のように一週間に一度は聴いている。音楽の愛好家にはほど遠く、偏屈なだけと思っている。

　音楽が日常生活にどのような影響を与えているかは、それぞれに異なるが、一般的には心身をリラックスさせる、気分を爽快にする、集中力を高める、士気を高める、幸福感を向上させるなど多岐にわたるが、私は主に心身のリラックスのために聴くことが多い。

　こうした私であるが、社会人になっていろいろな音楽を聴くようになった。そして、好きな音楽が、年齢とともに変わってきていることに驚かされる。

一言で音楽といっても、そのジャンルの多彩なことに驚かされる。「音楽のジャンル一覧」(wikipedia)によれば、クラシック音楽からカンツォーネ、シャンソン、タンゴ、ジャズ、ブルース、邦楽など四百種以上に及ぶ。いかに自身が知っているジャンルがごく少数に限定されていることか、知らない音楽・聴いたことのない音楽が多いことに唖然とする。異なる国や地域、継承した文明の違いはそれぞれの音楽を生み育んできたのである。

若い頃は、情熱的なラテン音楽が好きだった。知り合いにラテン歌手がいたこともあり、アルゼンチンタンゴをよく聴いていた。ステップが濃艶なタンゴは青春を彷彿させた。三十代になると、しばらくはモーツァルトの作品を気分に合わせて聴きだした。また、街の一画でフォルクローレを奏でるラテン系のグループが出てきた頃は、哀愁を帯びたメロディーが懐かしく演奏を立ち止まって聴き入ったものである。四十代~五十代はカンツォーネやシャンソンを聴かせてくれる洋食レストランなどを訪れたり、フラメンコのもの悲しいメロディーに魅かれた。六十代に入り、ローマで聴いた「帰れソレントへ」「オーソレミオ」で心を揺さぶられ、パリのオペラ座で歌劇の醍醐味を味わい、ニューヨークで観た「マンマミーア」でミュージカルの素晴らしさ(音楽、歌、台詞、ダンスの結合した芸術として)を堪能した。

そして七十代の今、朝は、クレイダーマンのピアノ、パティ・ペイジのテネシーワルツから始まり、一九五〇年代から七〇年代の聴き慣れたアメリカンポップス「オールディーズ青春グラフィテイ」を聴いている。合間に聴く倍賞千恵子の清澄な歌声も心洗われ気持ちがよい。また夜は、日本のムード歌謡曲や演歌も味わいがあっていいと思うようになった。

[8]無心の世界

健康へのこだわりには、無心の世界への希求がある。しかし、時々刻々と変化する現代において人々が日常生活のなかで「無心」になれる機会は限られている。意識的に無心となるように企画しないとその入口にさえたどりつけないのが現実である。

無心のことばから連想する歴史上の人物に江戸時代後期、曹洞宗の僧侶であった良寛上人があげられる。山中にひとり棲んで自然の声に耳を傾け、里におりては子どもたちと手毬つきやかくれんぼなどして日の暮れるのを忘れ、酒を飲んでは田の畔に眠ったという。平均寿命が三十歳〜四十歳と推測される江戸時代において満年齢で七十三歳まで生きられた方である。かずかずの逸話からは無心に子どもたちと戯れる姿が想起され、純真で無欲恬淡な性格が滲み出ていてどこか懐かしい。人々に道を説く禅僧よりは、遊戯三昧の人で、歌人、漢詩人、書家として名を成し、慕われたのがわかるような気がする。

残された書にはむずかしい漢詩を書いた人とは思えないほどに稚拙な、まるで子どもが書いたようなものもある。それがまた、屈託なく偉ぶることのなさが人心に共鳴するのであろう。草書は、解説がないと読めないが、全体のなかに調和した安心感を与えてくれるから不思議である。

令和四年の夏、私は、東郷豊治著『良寛』（創元社、一九五七年九月）を読んでいる。無心の世界を意識するのではなく、無意識のうちに無心の世界に遊んだ人だったといえるのではなかろうか。

良寛上人が好んで書かれた古語に、

　　君看雙眼色――君看よ雙眼の色
　　不語似無憂――語らざれば憂い無きに似たり

がある。芥川龍之介もこの古語が好きだったと聞く。生きることの悲哀のようなものを感じさせる詩であるが、人間には、だれにでも双眼の奥の方にこうした陰影とか色というものがあるのであろう。

これは、また、無心にして、眺めた茫洋とした大海原と佐渡の島影がいつも瞳のなかにあって離れなかった望郷を描写したものではなかったかと思ったりする。

無心は、瞬時にして心の汚れを洗い切り、回生の妙薬となる。

私たちは、良寛上人のように戯れのなかに無心の心境に至り、悟るにはあまりにも遠く、日々雑念に呪縛されて生活している。

無心の世界へ意識的に入ろうとすれば、やはり先人の智慧を借りるのが賢明である。ここでも〝修行僧の一日〟に学び起床から就寝まで数日間体験するのが理想であるが、現代人にはなかなか時間的余裕がない。そこで、「座禅」だけを切り取り体験してみる。

今から十数年前、東京建設業協会が建設会社の経営者を対象に座禅体験セミナーを駒澤大学の座禅堂を借りて開催したことがある。参加者は二十数名。大学の構内は静かで暑くもなく寒くもない初夏の頃。一時、スポーツ選手や各界の著名人が座禅をして精神の統一を図っているというブームも手伝って、興味を持たれた経営者が多かった。皆、初めての体験に緊張した面持ちで指定された場所に着座した。それまでも入門書などで形を真似たことはあったが、直に僧侶に学ぶ正しい座禅作法はまったく似て非なるものであった。入堂し挨拶をし、着座する。私は少しきつめの結跏趺坐を選んだ。視線を前方一～一・五メートル先におとし、ゆっくりと丁寧に呼吸する。僧侶が警策《きょうさく》をもって順に、肩を打つ。この警策を楽しみにしていた。一人ではできない動作であるから。打たれた瞬間、どの程度の痛みなのか体験してみたかった。僧侶が近づくにつれて緊張していく自分がいる。そして、僧侶の予告に合わせて合掌して上体を左前に傾け警策を待つ。痛みはまったくなく、心地よい振動が全身を走る。二十～三十分ほどの貴重な体験であった。

この体験を契機にして、ときどき座禅を試みたが、一人ではなにかが違うようで、雑念が消えるどころか、「正しさ」を求めてむしろ雑念が交錯しているのに気づき、自身には向いていないと断念した。

無心とは、俗念・邪念がない素直な心の状態のこと、頭が空っぽになる状態。自分に合ったこの状態はどんな瞬間であるかを返りみた。その答えはまたも〝修行僧の一日〟にあった。ずばり「作務」である。境内の掃き掃除、草むしりなど、単純作業のなかに見た。

私は、隔週の週末から日曜にかけて伊豆の別荘で過ごすことが多い。平坦な土地が少ない山の中にあるので石段が最低部から玄関先まで五十数段ある。季節は二週間もすれば目に見えて変わっていく。階段には庭の木々の葉や実や枝が落ち、風や鳥が運んでくる雑多なもので汚れていく、猪や鹿に花壇は荒らされる。草は茫々となる。この片付け清掃にたっぷり半日はかかる。咲く花々を見て階段清掃をしている時が無心であることに気づいた。贅沢なひととき。この習慣は自身の性に合っているようで、かれこれ十年以上続いている。

[9]つかず離れずの人間関係

人に「人間関係を良好に保つ極意はなにか」と問われれば、冷たいようだけど「相手とつかず離れずの関係でいること」と答えている。昨今、新型コロナウイルス感染予防の観点から人と人の間の距離を二メートル以上離れることが重要であるといって、“social distance”（社会的距離）という言葉が一般的に使われ出したが、身体的距離のみならず精神的・心理的意味においても一定の距離を保つことは健康を維持するうえで重要である。この距離感はとりわけ職場の人間関係を良好に保つために有効である。「間合い」のとり方も同様な意味合いをもっていて、短すぎても長すぎても相手をいらだたせることがある。適切な間合いは両者の関係を友好的にする効果がある。

人間関係が綻ぶ一因を体験的に二つに分類してみる。一つは、知り過ぎて深入りすることの危険から生じる場合である。私は、長い間、会社で採用業務に従事してきた。その経験のなかでよく起こりうるのは、新入社員同士が最初は仲良くしていたのに、なにかが原因で関係が悪化することである。新入社員研修や歓迎会、スポーツ大会など会社イベントを通して、互いの個人的特性や情報を提供しあう仲になる。趣味が同じであったり、興味の対象や食べ物の嗜好が似ていたりすると急激に接近していく。さらには家業や親、兄弟姉妹のことをはじめ家庭の事情もわかるようになり境遇が似ていたりするとなおさら親近感を覚え、それまで隠れていた本心もさらけだすようになる。行動もともにする機会が増える。他人からみれば羨ましいほどになる。ところが、なにかの機会に、相手が触れられたくない事柄が第三者の知れることがある、良いと思って言ったことが相手の琴線に触れてしまうと、この関係は一瞬にして崩壊していく。そして、決定的に仲違いとなると、それぞれがそれまで得た相手方の個人的情報が無防備の状態で周囲に暴露されていく。会社の空気は気まずくなり、周囲を巻き込んで職場環境は悪化し、最悪の場合は、どちらかが退社するまでに発展していく。これが、知り過ぎて深入りすることの危険である。

もう一つは、相手のことを知らな過ぎて生じる場合もある。例えば、本人の悩みに気づかずに無神経にそのことを話題にする場合がある。なんど見合いしてもうまくいかない、結婚して何年にもなるが子供ができず不妊治療中である、子供に障害がある、子供がいじめにあっている、子供が不登校している、子供が家の中に引きこもって外に出ない、子息の就職が決まらない、身体的な（身長、体重、容姿、頭髪など）劣等感がある、持病をかかえている、家族が認知症にかかっている、親の介護をしなければならない、夫婦喧嘩が絶えない、ＤＶに怯えている、仕事上でも、失敗が多くよく上司に叱られる、仲間から当てにされず信頼されていない等、人は誰もが触れられたくない問題を抱えている。

よかれと思って口出しするにはよほどの覚悟が要る。どのような場合でも相手の立場に立って配慮することを忘れると良好だった人間関係は崩れてしまう。一度壊れた人間関係を修復する有効な手立てはない。安易な同情は禁物である。〝つかず離れずの関係〟を私は勧めたい。それが良策であると思っている。

このように私は、基本的には他人に同情しないことにしている。冷たいように思われるかもしれないが、安易に他人の悲しみを理解した程度で同情的行為をすると、かえってその人を怒らせ、軽蔑されたような気分にさせることがあるからである。同情する側は相手の不幸や苦悩をいかに自分のことのように思い、いたわっても、上から目線を隠せない。そこには人間の欲から生じる勝ち誇った心情が見え隠れする。

もっと気楽に相手の悩みに耳を傾け、聞いてあげるだけで本人の心の苦悩は和らぐのだから、寄り添い合うのが人の道であろうと説く人もいる。また、宗教的信仰をお持ちの方からは、上から目線を否定され、相手の悲しみを自身の悲しみのごとくに感じること、共感することで他人を救済できるという方もいらっしゃる。しかし、同情は共感と似て非なるものである。その人の人生を丸ごと保障するぐらいの真情・覚悟がなければしないほうがましである。そのほうが同情される側にとってもどれほど気が楽なことかと思ってしまう。

こんなことがあった。昭和五十年代の初期、電話交換手は女性の専門職として人気があり安定した職業であったが、その後、通信技術が発達して交換手の手を煩わせることなく、誰もが直接電話応対が可能になった。当然、交換手さんたちは配置異動あるいは解雇の危機に追い込まれた。そのときに、それに同情して会社に地位保全を求め立ち上がった人がいた。同情された交換手さんたちも、最初の勢いにすっかり期待を抱き改善要求に乗じたが、しばらくして、その動きは下火になった。理念や理想、法の要求を通すには、（とりわけ中小企業では）、自身の生活を犠牲にする覚悟がいるのである。結果は解雇というかたちで幕を閉じた。

長い人生、毎日が順風満帆ということはなく、自然災害はじめ多くの困難に遭遇し苦悩する人が出る。その事象だけを捉えれば気の毒に思う。なかには、制度上の不備や政策の稚拙さが原因であったり、誘因に乗せられて飛びついた結果、財産的損害を受けたりという場合も確かにある。そうした場合でも、被害者の言い分（その制度の欠陥やデメリットの説明がないなど）に対しては「同感」するが、「同情」はしない。厳しいようであるが、それが現実なのである。

〔10〕定期受診

私が会社近くの糖尿病内科で初めて受診したのは平成二十八年七月である。その時のHbA1cの値は九・二％で非常に高く、医師が入院治療も視野に入れたほどであった。しかし、当面は飲み薬（シュアポスト〇・五ミリグラムとエクメット配合錠ＬＤ）を服用することで治療方針が決まった。それ以降、現在に至るまでおよそ一カ月半の間隔で同じクリニックに通い、服用している。気がつくと六年が経過している。今では血糖値は一三五前後、HbA1cの値は六・二％前後で推移しており、いたって快調である。

私が初めて受診した際に、医師は糖尿病であることを明言された。それが生活習慣からくるもので、今後は野菜を中心とした食事に切り替えること、甘いものは避け、糖分を控えめにすること、酒類はできるだけ取らないこと、一日の摂取カロリーは一八〇〇キロカロリー以内に抑えること、適度な運動（一日八〇〇〇歩、あるいは軽いジョギングなど）を取り入れることなど、これまでの生活習慣を切り替えることを勧められた。この診断はまことに一般論とすれば模範解答であったが、私には異論があった。

私が疑念を抱くのは、医師は私自身の生活スタイルにほとんど興味を示さなかったことである。つまり、私が一日、一週間、あるいは一カ月どのように過ごしているのか、食べものの嗜好（肉料理か魚料理かなど）、どんな仕事をしているのか、なにか運動をしているのかなど、に対して知ろうとしなかった。そこまで介入すると一人あたりの診察時間が長くなり患者さんを満遍なく診察できないという問題はあるかもしれないが、特定の患者の指向を見出さなければ、適切な治療はできないのではないか。

糖尿病のこわさは、四兄が治療に真剣に取り組まなかったことで（医者から処方された薬さえ真面目に服用しなかった）左下肢の壊死、切断という終末を迎え、七十七歳で生涯を閉じたことでも知っている。今は、定期的に受診することで血糖値とHbA1cの数値に注意しながら、好きな日本酒を控えめにして、野菜食を中心にした食生活を心掛けている。HbA1cの数値は、生活習慣病予防のためのメルクマールとなっている。

以上は、持病の治療のための定期受診であるが、予防受診という位置づけで定期受診している歯科受診について紹介する。

私は、三カ月に一回の割合で会社近くのＡ歯科クリニックへ通っている。Ａは当社が現在地に本社を移転する前からこの地で歯科医院を開業していたというから、すでに六十年余の歴史あるクリニックである。

この地区は他に三軒歯科医院があり激戦区だ。他の医院がインプラントを勧めるなか、Ａは今の状態で虫歯治療すれば大丈夫と判断してくれたクリニックで、それ以来通い続けている。現在の院長は、年の頃五十代なかばの二代目である。院長はハワイがお気に入りらしく、院内には珍しい貝殻や民芸品が飾られ、ハワイアン音楽が流れ、来院者を軽やかな気分にしてくれる、清涼感あふれるクリニックである。
この院長先生は、治療（虫歯やぐらつきがないかをチェックし、歯石を取り、歯を磨く）を始める前に、必ず「原田さんの歯は、お世辞抜きで同年代の人と比べて、丈夫でいい歯をしていますね。皆さん歯槽膿漏の方が多いですからね」とほめちぎるのである。

ほめられて気をよくしている私であるが、歯磨きの仕方では少し人とは違うこだわりがある。この二十数年、歯ブラシは形状も機能も進化し、電動ブラシ、歯間ブラシ、奥歯専用ブラシなど多種多様であるが、磨き方は旧態依然として表から見える部分（前歯の表側）を中心に磨いている。これでは、奥歯や歯肉の健康管理は保てない。奥歯の裏側を起点にして裏側全体を磨き、続けて奥歯の表側へ移って表側全体を磨く。そして、歯４：歯肉６の割合で約二分間磨く（これで健康管理の土台は完成する）のが理想であると思っている。

昭和三十年代の前半、私が小学生であった頃を振り返ってみると、普段歯磨きの習慣はなく、たまに都会に出ていた兄が実家に戻ってきたときに、歯磨きをしている様子が〝都会的〟で格好よく見え、歯ブラシを（親から）借りて歯磨きした覚えがある。一家に一本あればよいほうで、それも皆で使い回していたのであるから、今日からみればなんと不衛生なことか。大多数は指に塩をつけて歯に擦っていたか、まったく磨かずにいたように思う。

「虫歯になってから歯科へ駆けつける」のではなく、定期受診が肝要である。

このように私は、歯の健康管理については人一倍神経をとがらしている。なぜなら、歯は〝全身のバランスを保つ健康のバロメーター〟を担っていると認識しているからである。

ある高齢者を対象とした調査結果に寄れば、歯が少ない人ほど転倒しやすく、歯の噛み合わせが悪い人は顔が左右非対称になる傾向があり表情も暗くなりがち、という。

これを後押しするように、厚生省（当時）と日本歯科医師会も、平成元年より「いわゆる「８０２０運動」を推進している。「八十歳になっても二十本以上自分の歯を保とう」「二十本以上あれば、ほぼ満足な食生活ができる」というものである。認知症の発症リスクを抑え、要介護者にならずに長生きできるとなれば（百歳社会もいよいよ現実のものとなってくる）、国民の関心は一層高まるであろう。

（2）書くことへのこだわり

ここでは、日記、人生設計（Life Plan）、そして自分史を書くことの重要性について自身の体験を通して感じたことや考えていることについて記したい。

一般的に日記を書くことのメリットには、体験したことを記憶として定着されることができる、とか、日常のストレスの解消になる、とか、文章力・語彙力の向上などいくつか挙げられる。それらは確かにそのとおりである。以下は語彙力の向上に役立つ一例である。

今年の夏、私は東郷豊治氏の『良寛』(創元社、一九五七年)を読んでいる。「12　酒について」の冒頭の七行のなかに、私の知らない文字が現れ、都度、『大辞泉』「漢和辞典」を引かないと前に進まない事態に陥る。昔の人は本当に語彙が豊富であったと感服する。

良寛は酒を愛した。天資《てんし》の詩情が、ほどよい酒で陶酔境に誘われるのを好んだ。……酒杯を傾けると、その圧迫から解放され、ゆとりのある観照《かんしょう》の構えができ、……連想も豊麗《ほうれい》に活発になり、よろずに感激する生命を自分に見出したのであろう。彼は陶淵明のように独酌《どくしゃく》型ではなかったらしい。

天資：生まれつきの資質。
観照：主義をまじえないで、物事を冷静に観察して意味を明らかに知ること。
豊麗：豊かで美しいこと。
独酌：ひとりで酒をついで飲むこと。

という具合である。後述の「3　学ぶことへのこだわり　(1)読書に勤しむ」にも共通するが、知らない語彙に会うたびに、清涼感さえ覚えるのである。

人生設計(Life Plan)では、自分の叶えたい目標を期限を切って設定することによって実現度がより高まること、現在と将来の設計を描くことで過去の自分の軌跡もよりはっきりすること。最晩年に「乾杯」できる人生のために。

自分史は、自身のドラマである。神の差配であろうか、自分にしか演じることのできない無二の人生劇場である。ぜひ、内容の巧拙を抜きにしてまとめてみたいものである。

〔1〕日記

令和四年八月、夏休み。少し身の回りを整理したいと思い、今の住まいに引っ越してきた平成八年以来、一度も開封することなく納戸にしまってあった段ボール箱を開けることにした。きっかけは、後述するが、いよいよ自分史の作成にとりかかる時機と直感したからである。

「自分史」には形態がないから、あえて装丁を施すこともなく、「自分史」と表記する必要もない。ただ、読んだ人が、著者の人生（誕生から死に至るまで）がおおよそわかるものであればよいと思っている。幸い拙著が数冊あるので、それがすでに自分史の一部であるとみることもできる。なかでも『もの言える老人のための条件』（彩流社、二〇二一年）は、初めての随筆ということもあり、それを手に取った次男は、「これは、お父さんの僕たちへの遺言だね」とうれしい感想を述べてくれた。

「自分史」を書くにあたり、おおいに役立つのが日記である。これまで、記憶のなかでは日記をつけ始めたのは昭和四十二（一九六七）年、高校三年生からと思っていた。ところが段ボール箱には、さらに遡ること昭和四十一（一九六六）年一月一日からの日記帳があった。したがって、正確には、私が日記をつけ始めたのは昭和四十一（一九六六）年一月一日（土）で、高校一年生の三学期、四月から高校二年生になる年の正月ということになる。埋もれて忘れられていた自分史の発見である。

この日記帳は、富士写真フイルム株式会社が年の暮れに顧客に配った手帳で、それを日記帳替わりに利用したものである。手のひらサイズの手帳で縦十二センチ、横七センチ、厚さ一センチで深緑のビニール表紙が被さっている。手帳だから、一日の文量にすれば三〜四行程度でいっぱいになる。自身、表表紙の裏地に「豆記」と記してあるから、最初はその程度のものとして軽い気持ちから始まったようである。

記念すべき最初の日の日記には、

・自転車カラマワリ

・兄(○)と駅へ、チッキ

・甥(○○)来る(pm 8:00)

とある。自転車のチェーンがはずれたのであろう。東京から帰省していた兄と最寄りの駅(当時は国鉄の駅)へ荷物を(父母からいただいた正月の土産を自身の住む東京の自宅へ送ったのであろう)出しに出かけている。姉の長男(当時五歳三カ月)が姉夫婦と夜になって実家に正月の挨拶に見えたのであろう。日記には、このように過去を呼び戻す力がある。

①日記の効用と罪

手のひらサイズの手帳から、日記を書くことが楽しくなると、次第に文量を増したいと思うようになる。二冊目から一気に「一行日記とサヨナラ」し、自由日記に切り替わりその日のできごとのみならず心情を吐露することが増えていく。昭和六十年以降は、８ミリ罫線が引かれたアピカ高級ノートPersonal黒ＮＹ19を主に使用している。三年日記のように制約がなく、書きたい分だけ書けるメリットがある。当初は年間一冊程度も近年では二～三冊に増えている。先日、冊数を数えたところ九十一冊になっていた。

今は、改めて過去の日記帳を読み返すことはないが、一年の締めとなる十二月末にその年の主要事項をまとめる下資料として読み返すぐらいである。

ここで改めて日記を書くことの効用について触れてみよう。

STUDY HACKER編集部によれば、日記の効果として、次の六つを挙げている。

(1)脳の活性化
(2)文章力の向上
(3)成長の促進
(4)習慣の形成
(5)自律神経のコントロール
(6)ストレス解消

である。それぞれに説明を聞けばもっともであるが、はたして、これらの効果を期待して日記をつける人がどれほどいるのであろうか。特に若い青春期から日記を書き始める人はその日のできごとや感情を直接紙に書きつけていく。書いている最中に、書くことで脳が活性化するとか、文章力が向上するとか、成長が促進するとか、習慣が形成されるとか、自律神経をコントロールするために書く人はまれであろう。唯一、鬱積した心情を紙に表現することでストレスは解消されるかもしれないが、これらの効果はある程度の年数が経って過去を振り返ったときに、その比較のなかで客観的に見えてくる効果であって、即効性のあるものではないと思っている。

日記を書くことの目的は、人それぞれであり、その日のできごとや感情が書かれているだけで自分史の一頁になると単純に位置づけるぐらいでちょうどよいのではなかろうか。

日記からいくつか拾ってみた。

・昭和四十二年九月十二日(火)heavy rain

高校三年生のクラスメート三十人全員の特徴が記してある。(一部抜粋)

島○○○：やくざ面をしているが、私が笑わせると、にこっと笑って話す。

○谷○○：無口比べでは一番。なにを考えているか誰もわからない。数学は抜群。

杉○○○：下校時いつも一緒に帰る。話題豊富。いつもよく本を読んでいる。吃音。

○木○○：気取り屋、顔は日本人よりも外国人に近く、鼻に特徴あり。

○田　○：スポーツ万能、グラウンド開きで同点満塁ホームラン。バスケの選手。

○原　○：いい気になる癖。朝から死んだような恰好をする。私の隣の席。

○井　○：先生を授業から引き離すのがうまい。あだ名がノッポのサーリー。
○田○○：スピード違反で二週間停学。絵を描くのが得意。スキーは全校一位。
○山○○：性格がつかめない。クラブ活動なし。図書館でよく新聞を読んでいる。
原田國夫：外国語（英、仏、西）を使ってツアーガイドをめざす。自分の低能に気づかない idiot（まぬけ）な奴。皆が笑っているのに将来はスペイン人と結婚したいといっている。なにを考えているかわからん。

今、読んでは、皆の表情が鮮やかに蘇ってくる。懐かしい。

・昭和四十三年三月四日（月）fine　上京の前日

明日、われは発つ。住み慣れし故郷を。聴き慣れた音楽はすでに郷愁を誘う。母は好きなリンゴを買ってくれていた。私が一晩に十個も食べるものだから。父も私のことを思うと胸がいっぱいのようだ。釜伏山の見える家に生まれ、平々凡々と育った十八年間。

明日の門出は笑顔で、別れ行く。寒い北風も、今は、私のために和らいでいる。

・昭和五十年八月四日（月）快晴　長男誕生

昨夜から待ちに待った電話はとうとう朝まで鳴らなかった。早朝、妻の従姉に電話をしたがなんの連絡もないという。九時過ぎに名古屋の義姉から電話。母子ともに元気。男児。

正午に産院に電話。妻の元気な声が聞こえてきた。大任を果たした喜びが伝わってくる。大きな産声を上げたこと、手の指がすらっとして長いこと、鼻筋が通っていること、腕をいっぱい広げて、大きなあくびをしたこと、など。妊娠中も風邪一つ引かず、つわりも軽く、貧血もなく、安産であり軽かったことを神に感謝する。

・昭和六十年八月二十三日(金)快晴　デミング賞受審前夜

すべての活動は、この日のためにあったといえる。昭和五十六年から始まったＴＱＣ活動の成果が明日試される。社長五十五歳の誕生日。会社にとってエポックな出来事だ。それはまた私の人生にも大きく影響するだろう。午前中にリハーサルを終える。午後はそれぞれの担当者が分担を最終確認し、会場設営にとりかかる。ここで、テーブルクロスがクリーニング後寸詰まりであることがわかり、あわてて洋品店で新調するハプニング。冷や汗ものだ。

その他、追加資料を作るなど忙しい一日になった。明日が快晴であることを祈る。

・昭和六十四年一月七日(土)快晴　天皇陛下崩御

午前六時三十三分、天皇陛下崩御。激動の昭和に幕が降りる。新元号は「平成」となる。午後から、次男と三男をつれて二重橋へ出かける。内外からの弔問客で公園はあふれる。

・平成十年四月十五日（水）暴風雨

四十九歳の誕生日を迎えた昨日と今日は低気圧の動きが遅く連日暴風雨に見舞われた。バス停でバスを待つ間に服はびしょ濡れ、駅に着く頃には不快絶頂に到る。五十歳まで一年、心境は複雑だ。一つとして達成できなかったわが身を悔やみ悲しくなるが、時は戻らず。自業自得というものだろう。午後から改良公社の懇談会があり市ヶ谷へ。

・平成二十一年四月十四日（火）曇り　還暦

無事、還暦を迎えた、複雑な心境だ。昔の「老境」が実態に合わなくなっているのだろう。それゆえに昨日と今日で何が変わったということもなく、還暦の感激が心の底から湧いてこない。振り返れば、幸い「健康」という遺産を先祖から授かったことが人生を前向きに歩むことを可能にしてくれた。亡き父母に感謝し、その巡りあわせと因縁を神に感謝する。

　大望を抱いて世界を駆け巡る夢を見たこともあった。はかなく消えた夢に一人泣いたこともあった。これまでは大きな足跡を残していないが、妻といずれも優劣のつけがたい三人の子どもたちに恵まれた人生であった。今朝、妻が好物の赤飯を炊いて祝ってくれた。ありがたいことだ。

　普通に生活している人は、その日記が後に歴史上の価値ある資料になることを期待して書いてはいない。歴史的に書かれた古典文学『蜻蛉日記』『更科日記』『紫式部日記』などは意識的であろう、また、歴史を知るうえで重要な資料となる公家、僧侶・神官、武将の書いた日記は、ある程度見られることを意識して書かれているかもしれないが、石高薄い一下級武士が苦しい台所事情を書いた日記などは、期せずして後世発見され、それが当時を知る貴重な資料となることはあっても、あくまでも偶然のなせる業であり本意ではない。

このように、日記を書くことは、相対的にメリットが強調されがちである。私自身、重文を避けるためや、難解な文字の意味を調べるために辞書を引く。机の傍らにはいつでも引けるように国語辞典、大辞泉、漢和辞典、古語辞典、英和辞典、独和辞典などを置いている。結果、語彙力が向上したと思うし表現の幅も広がったと思う。初期の日記と比べてそれは明らかである。

日記を書いて思うのは、本当に悩みや苦しみを抱えている最中には、書く心境になれない、書けないということである。日記は手書きを主とするから、一度書いたら消すことができない。パソコンを使って書くように自由自在に書き直すことはできない。いうならば一発勝負の心情の表現であり事実の描写である。時が経ち問題が収拾して書き留める気持ちになったときは、すでに真実は脚色されている。史実はこうして曲げられるのだとえらく納得する。

この点が小説家とその資質において大きく異なるところであろう。いつだったか忘れたが永井荷風は、私生活の破綻も題材にしてしっかり書かれたと聞いたことがある。

十代から二十代の頃は、小説家気取りで一晩に十数頁書いたこともある。そんなに書くことがあるのかと思うかもしれないが、青春を謳歌し、青春の蹉跌を味わえば題材には事欠かない。今は、とてもそんなエネルギーはないが。

②続ける秘訣

高校一年の三学期から始めた日記は、いまやしっかり習慣化して、今年で五十六年間も書き続けたことになる。最初の頃の日記帳をみるとときどき空白期間もあるが、継続して書かれてきたことがわかる。自分でもこれほどまでに長期にわたるとは思っていなかったが、世の中には上には上がいるものである。令和元年三月だっただろうか。日本経済聞朝刊最終面の「私の履歴書」に作詞家・作曲家の小椋佳さんの記事が掲載された。抒情的な「シクラメンのかほり」、難解な「愛燦燦」など幅広く活躍されているマルチ・タレントの氏が、中学二年生のときから今も日記を書いているというのである。私より五年三カ月先輩である。三年も長くつけていることになるから五十九年は続いていることとなる。乾杯！　完敗！　世の中には本当に上には上がいるものだ。小椋佳さんには逆立ちしてもかなわないと思った。

さて、それでは日記を書き続けることの秘訣はなにかである。ある人は、歯磨きや入浴と同じように「やらないとなんとなく気持ちが悪い」と思えるくらいになれば、あとは自然と長く続くようになるという。しかし、健康や口腔衛生のために習慣化している行為は、歯磨きしなければ口臭をまき散らし、入浴しなければ体臭を発するなど、他人に不快感を与えるかもしれないが、日記をつけないことは、誰かを不快にさせるわけではなく、視線にさらされることもないから書きたくなければ書かなければよい。己の薄弱な意志の前には人は怠慢になれるから、簡単に理由をつけて中断できる。三日坊主になれる。一カ月、半年、一年という短期間なら自身の心を叱咤激励すれば続くかもしれないが、それ以上の期間となれば、それを克服するためには、なにか「強い意味づけ」が必要になる、と思っている。

その意味づけは、私の場合、年齢（年代）とともに変化してきたように思う。

例えば、十代から二十代の頃は、肉体の欲求と霊の欲求との相剋期であり、抽象的、論理的思考が著しく発達し、宗教、道徳、芸術などの価値の世界に対し繊細になる時期である。この時期の心の動きを纏めておきたいという思いが強かった。二度と帰らぬ青春時代の心の葛藤を残しておきたかった。三十代から四十代の頃は、結婚し家庭をもち子どもたちも生まれると、その成長を記録にとどめおき、日々生起するできごとを楽しみながら見つめたいと思った。いろいろな儀式・行事、進学、学業、就職のことなどで、子どもとの関わり方が変化していく。それを書き留めたいと思った。五十代から六十代の頃は、安定期にあって不思議と無為に過ごすことが多くなり、改めて「生きるとは何か」「自己の保有する能力は何か」など、やがて訪れる老年期を意識し始めた頃で、自己を見つめ直すことが多くなった。そして迎えた七十代は、日記を書き続けることは無意識下にあり「慣性」になっている。その心境は、道元禅師が季節のうちで春をこよなく愛したように。「書き終わったあとの喜びは、のどかな春のような感じ」がし、その春の喜びが続いているのである。

［2］人生設計

①中・長期計画

私は、若い世代に自身のライフプラン（人生設計図）を作成するよう勧めている。四月に入ると卒業したばかりの学生が新社会人として入社してくる。この機会を利用してライフプラン作成の重要性について話している。

一人ひとりは社員として新しい人生を歩むのであるが、雇用されているという立場と併せて「個人事業を営む経営者：個人事業主でもあるという立場」で働いてほしいと説明する。

私自身、最初にライフプランを作成したのは三十代の初めである。今から四十年以上も前に自身の人生設計を描く人は少なく、まもなく生命保険会社がライフプランのフォーマットを作り推奨したのを覚えている。生保よりも先にその重要性に気づいて実行している自分を誇らしく思ったものである。また、その頃、当社の諸規定の整備のために大手ゼネコンを退職された方が顧問として入社され、一緒に仕事したことがある。私がライフプランを作成し、いつ、なにを、どうするかをあらかじめ決めていると話すと、「私も若い時分にライフプランを作っておけばよかったなあ、日々の忙しさに追われ思いつかなかった。原田君がうらやましい！」といってとても残念がっていた。

賢明な会社経営者は、経営理念の下に中・長期経営計画を立てる。そして、その実行性を確実にするために年度ごとに年度方針を立て、部門方針、部・課の実行計画、さらに各自の実施事項というように、上位から末端へとなすべきことをブレークダウンする。そして、半期あるいは四半期、場合によっては月度でその進捗状況を確認し、必要に応じて針路を修正する。景気の変動や社会環境の変化に臨機に対応するためである。当初の計画に固執するあまり回復しがたい致命傷を負うことは経営者としては回避しなければならない責務があるからである。

以上の考え方は、個人のライフプランの作成においても基本的には同じである。一度作成したら変更できないというのではあまりにも柔軟性に欠け、行動を制約するし、逆に頻繁に見直すのでは計画に芯がなく、計画の用をなさなくなる。適度に行動の指針となり、本人の将来を予感させる粗さが必要である。せいぜい一年毎にその進捗状況を確認し見直す程度がよいと思う。

ここで、当社の例を引けば、中・長期経営計画は、概ね三年から五年の計画を指す。会社が今後数年間に目指す方向性について簡単に触れ、主要な経営指標「受注工事高、完成工事高、完成工事総利益（率）、営業利益（率）、経常利益（率）、当期利益（率）、一般管理費、社員一人当たりの労働生産性、社員数など」の目標数値を羅列したものである。

個人のライフプランは、会社の中・長期経営計画より、さらに長期間を網羅する内容がわかりやすい。いうならば自身の人生全体が俯瞰できるような、現在から退職、さらに死に至るまでの道程を示したものがよい。

そこで肝要なことは〝ライフプランの作成に遅いということはない〟ということである。「二十代や三十代ならまだしも、四十代、五十代になっていまさらライフプランでもないだろう」と拒絶しないことである。そのような否定的な人は今もこれからも夢のある人生は期待できない。他方、残り少ない期間でも改めて計画してみようと肯定的に考える人には、限られた期間といえども充実した人生が待っているような気がする。

私のライフプランの立て方は以下のとおりである。

ライフプランの作成は手書きがお勧めだ。昭和五十年代は世にワードプロセッサーが登場した頃で、まだ手書きが主流であった。今ではパソコンを使って簡単に作成することはできるし、フォーマットアプリも登場しているが、私はあえて手書きを勧める。Ｂ４用紙に鉛筆で自分の〝成りたい理想像〟を描いていく。書いては消し書いては消し、何度も書き直す。それを繰り返しているうちにその思いが手の先（鉛筆の芯の先）から紙に移り、頭の中にしっかり定着していく。実行意欲、達成意欲という血液が循環し始める。

Ｂ４の紙に横に時間軸を適当な間隔で区切る（年号・和暦と西暦、自身の年齢、配偶者の年齢、子供たちの年齢など）。縦軸は「仕事」「祭事」「資格」「健康」「趣味」「社会活動」などに細分する。そして例えば、何年にマイホームの取得、何年に子供の○○が小学校入学、中学入学・・大学卒業、就職、結婚などと記入していく。「趣味」には海外の渡航先も入れておくと外国旅行も現実になりやすい。「社会活動」では、人生晩年の自身のミッションも入れてみる。横軸の最後の区切りの「年」は「寿命の尽きる年」と仮定するのも一興である（私の場合は七十四歳が最後だったので、紙

（？）の予言が正しければ本書が世に出る令和五年に人生を終えることとなる）。果たして結果は如何に？　神のみぞ知るである。

ライフプランを立てると、心が晴れないときにもそれが励ましになって元気に仕事に取り組むことができる。目標を達成すれば大きな満足感が得られる。自己の成長を可視化することで充実した人生を送ることができる。紙一枚で大きな人生が待っていること請け合いである。

②年計画

年計画の作成は「企業経営者に学べ。それも優良な中小企業経営者に学べ」である。

中・長期計画ができあがったら次は、毎年の年計画の作成に取りかかる。年計画を日本の企業が採用している「年度」とするか一部企業が採用している「歴年」にするかは、好きなほうを選べばよい。私の推奨は歴年で、そのほうがわかりやすいと思っている。四月の会計年度に合わせて四月～翌年三月を以て管理するやり方は思った以上に混乱するからだ。

それでは、年計画の立て方を企業と個人に分けて簡単に説明する。

最初に企業の年度計画の立て方から説明する。以下はあくまでも、私の勤務した中堅ゼネコンにあって、ＴＱＣ活動が盛んな一九八〇年代の事例であることを、予めお断りしておく。

社長年度方針が決定すると、それに基づいて部門は部門方針の策定作業に取りかかる。

ただ、留意すべきは、社長年度方針が決定したからといって各部門が直ちに部門方針の策定作業に入るのではなく、部門の上位に第三者機関、例えば、ＴＱＣ推進委員会（ＴＱＣ推進室の室長ほか数名のスタッフ）を置き、事前に各部門長と摺り合わせを行い、部門間の整合が取れていることを確認してから、具体的な方策（目的と手段）や重点実施項目を決定していく。

その内容は、社長年度方針で示された主要な経営指標「受注工事高、完成工事高、完成工事総利益（率）、営業利益（率）、経常利益（率）、当期利益（率）、一般管理費、社員一人当たりの労働生産性、社員数など」の目標数値を達成するための重点実施事項が四半期あるいは月度で示される。各個人は、それをさらに、ブレークダウンして、例えば、営業部門であれば、訪問件数、営業情報収集件数、受注件数、受注額などで示していく。それぞれには期限があるから期限が近づくにつれて社員には緊張が走る。

部門方針が計画通りに展開しているかどうかは、部課長が毎月、目標と実績の差異を点検し、差異がある場合には（良い場合も悪い場合も）その要因を解析し、悪い場合にはその対策の検討をＴＱＣ推進室とともに行い問題解決を図っていく。なかでも年二回、半期ごとに行われる社長診断会は全社的な問題点の発掘と、未達成の要因が深く追及された。

こうした部門方針の管理方法は、品質管理の分野では「方針管理」と称され、多くの企業はその有効性を実感していた。方針管理には、現状打破のねらいがある。今行われている仕事の結果に不満足であり、もっと好ましい状態になるように、仕事のやり方を変えようというものである。そのためには、今行われている仕事の結果になぜ不満足なのか、その要因を洗い出すことから始まる。

さらに、方針管理と一体となって相互補強する管理方法が日常管理である。日常管理とは、各部門の担当業務について、その目的を効率的に達成するために日常実施しなければならないすべての活動をいう。それは、現状を維持する活動を基本とするが、さらに好ましい状態へ改善する活動も含まれる。そのため、ＴＱＣ導入の初期には、どんな些細な業務にも作業手順書が必要であると認識されて、各部門競って手順書作りに励んだものである。分厚い手順書があることが、日常管理を行っているという間違ったイメージを作りあげたことを覚えている。生半可な知識と理解がもたらした負の作用であるが、その後は、これらの問題点を克服しながら、現在もなお方針管理と日常管理は当社の品質管理活動の中心に置かれている。

以上、私たちは品質管理活動は、方針管理と日常管理が車の両輪となって機能することを教わり一定の成果を上げてきた。企業が方針管理によって、より高いレベルの進歩、発展を望むならば日常管理の充実こそがもっとも基本的事項であることを学んできた。

日常の業務遂行を維持しながらも常に柔軟な思考による発想の転換、創意工夫によって固定観念や慣例にこだわらない改善が求められる所以である。

年度末（三月）には部門方針の達成状況が報告される（実情報告会）。目標を達成した部門は誇らしげに、未達成部門は、悔しさをにじませ、謙虚に社長の評価を聞き反省する。そこでの成果あるいは反省は、次年度の社長年度方針、部門方針に反映され、新たな年度が始まる。年計画は、現状を把握し、次の年の成長を約する重要な行動計画となる。

次に、個人で作成する年計画については私の例を紹介する。企業と同程度のチェックを働かす必要はないのでゆるやかに、しかし、年の暮れにはそれなりの成果が出るような計画が望ましい。私の年計画は歴年に合わせて毎年一月一日から始まり十二月三十一日で終わる計画(書)である。

▼年始・実行計画書と予算

俗に〝一年の計は元旦にあり〟である。新年を寿ぎ新鮮な気持ちでいる正月三が日中に新年なにをなすべきか決めると理想的である。なにごとにも共通することであるが、突然、新年を迎えてやるべきことを考えても、なかなか思いつかないし、行き当たりばったりでは一度決めてもすぐに諦めたりして、頼りないものになるからである。

コツは、年の瀬も押し迫った十二月中旬よりその一年間の計画の達成状況がどうであったかを振り返り、達成した事項と未達成の事項を分けてみる。計画事項の八割も達成できたら大成功である。また、その程度の実現可能性のある項目数であることが長続きする秘訣だと体験的に思っている。要求水準・目標値が自身の能力以上に高すぎては達成意欲が湧かず断念することに繋がる。他方、低すぎては達成感、満足感を味わうことができない。一度、要求水準が妥当かどうかを検証してみるとよいと思う。

そして、達成したものについてはそれで終わりにするか、あるいは、レベルを上げてより高みを極めるか、未達成のものについてはなぜ達成できなかったか謙虚に反省し、再挑戦するかそれとも潔く切り捨てるか、あるいはそれに代わるものがないか、検討する。

私は例年、九項目あげている。理由は、十項目では五項目達成しても達成率が五〇%なのに、九項目では五五・五%と過半数となり心的満足感が高まるからである。合理的理由ではないので項目の多少は自身の挑戦範囲と深度で決めたらよいと思う。これまでの達成率は概ね九分の八＝八八・八%というのが実績である。

項目内容は、「パスポートの更新手続き」「ふるさと墓参」「新書出版」「京都旅行」などのような大まかなものにし、そこへ予算づけしておくことが肝要である。政府が政策実現のために法律を作る際に、それを実行するために予算化するのと同じである。

未達成項目に「遺言書の作成」がある。この数年間の懸案事項であるが、新年を迎えるとなぜか、意欲が低下し、酒のせいにして「もうしばらく待ってからにしよう」という気持ちなる。「財産のあるなしにかかわらず、子孫のためには親が健在である間にしっかり決めておくことが大事」と専門家はいう。そのとおりであると思うがなかなかの難問である。

私は、実施項目を軽量なシステム手帳(愛用はDavinciバイブル版、平成二十二年から使用しているから十二年になる)の最終ページに一～九まで優先順位をつけて計画事項を列挙する。そして、計画が常に身近なものとしてリマインドできるよう、定期的に進捗状況を確認し、達成した事項には、その年月日を添え書きしておく。

計画が心に納まれば、自信を以て家族に公言するもよし、それができない場合には初詣の神社やお寺で手を合わせ誓うのもよし。ここに至れば、計画の半分は達成したも同然である。新年が新しい成長の年となって、向こうから吉報を連れてくるようなさわやかな気分になる。ぜひ、実行してみてほしいと思う。

▼年末・結果報告書と決算

年始に立てた計画がすべて達成できれば最高の一年といえるが、そう簡単に問屋は卸さない。一つや二つ未達成の事項があるのが普通である。それに打ちひしがれて希望を失うようではこの先の人生は楽しめない。むしろ未達成事項に発奮して心機一転、新年再挑戦する意志の強さを持ちたいと思う。

毎年十二月の中旬から下旬にかけて、一月からの来し方を振り返り確認する。普段から計画事項がなんであるかを（私は、前述のように一～九項目に絞り、手帳の最終ページに列挙しているので、常に計画事項がなんであるかを意識している）、意識していると計画の進捗状況もリアルタイムで把握できるので、一々、結果を報告書にまとめる必要もないような気もするが、ものごとのけじめとして年末に結果報告書に簡単にまとめることを勧めたい。Ａ４版一枚程度の文量で十分である。それが次の新年の計画に役立つからである。

私の例を引けば、計画事項に対してどのようなことを実施したか、具体的実施事項を書き、目標値に対して結果の達成率（達成数値）を書き、達成あるいは未達成の要因と問題点あるいは反省点、次年の課題を書ければ合格である。窮屈にならない程度にして、しかし、問題点・課題を明確にすることが大事である。

結果報告書を作成するにあたり、大きな役割を発揮するのが日記である。さらに、いつ、いかなるときに、なにを、どのような方法で行ったかが記されていれば、結果の裏づけとなり、結果報告書の精度は増す。

日記から月別に実施したことをピックアップし、さらにその中から年の重要実施事項（わが家の十大ニュース）を選ぶやり方については次項で詳しく紹介する。

最後に、企業が年度末に決算報告をするように、個人としても簡単な決算（書）を作成することをお勧めしたい。ここでの決算は会計の原則にこだわる精緻なものではなく、家庭の一年間の収入、主だった支出項目と金額、現在預貯金残高、株やその他の有価証券、保有する不動産とその評価額等が確認できる程度でよい。これを過去と比較するとわが家の財政がどのように変化しているかを知ることができるし、今後の支出項目や支出額の予想も立てやすく、気持ちに余裕を持つことができるようになる（最初に作成したライフプランからどの程度乖離しているか、その修正が必要かなどを考える際に大いに役立つことになる）。

私の例を引けば、収入一覧表として月度の収入額（主に給与額と年金受給額）を記入している。たまに臨時の収入があればそれも記入するが、遊び心で拾得金（例えば一円拾得○○駅バス停前、七月一日）を書き加えている。なぜか一円を拾うことにためらう人が多いらしく、私はよく拾う。拾う際に気をつけることは前後に人がいないかどうか必ず確かめること。（確かめずに拾おうとすると衝突して思わぬ怪我をする危険があるので要注意である）。

一方、支出項目と支出額については大雑把であり、管理は無管理に近い。いわゆる家計簿をつけることには否定的である。必要なものは購入するというスタンスできたから。年間どれぐらいの支出であったかは、財政簿（大袈裟に表記している）で現在の金融資産額を確認できればよいと思っている（昨年比でいくらの増減であるかが確認できればよい）。

▼年間ファミリー　十大ニュースの発表

よく新聞社が年の暮れになると国内外の十大ニュースを発表する。日々、大きな事件や事故が頻発する今日、発表されたニュースが遠い過去のものと錯覚するものもあるが、改めて月日の流れの速さを実感する一瞬である。

これを個人の家庭の十大ニュース選びにあてはめてみる。

一年間のことであるから最近のことは記憶に新しいが、半年も前のことになると記憶も定かでない。そこで以下の作業を試みる。

・一年分の日記帳（B5判8ミリ罫27行からなるアピカの「Personal」）約三冊から一月から十二月までの間に起こったことで大事なできごとを月別、日別にピックアップして一覧表にまとめる。

（例）令和三年のできごと

一月　非常事態宣言1／7。北陸上越地方記録的大雪に車一〇〇〇台以上立ち往生1／10
1（金）　元日。快晴。玉置神社の「神砂」を四方八方に撒きお祓い（宇佐美）。

9（土）　ユリの球根　野獣（狸？）に掘り起こされ食べられた。

14（木）　ＵＳＢメモリー壊れる。

23（土）　孫娘〇〇ちゃん、八歳の誕生日。


なんの変化もなく暮らしていたと思っていたが、一覧表にまとめると毎日のようになにかが起こっていることに気づかされる。

・月のできごとの中からさらに主要なできごとを三～五点ほど選ぶ。十二カ月だと四十点ほどの主要なできごとがピックアップされる。

・四十点ほどの中から特に原田家として重要なできごとを十点選ぶ。

・最後に、家族に「本年の十大ニュースは〇〇です」と発表する。

子どもたちが小さい頃は、各人別に記録をまとめていたので、このような表記（内容）でよいかどうか本人の意見を聞いては修正していた、順位付けも同様にしていた。（そして、こんな市井のできごとですら作為的に行われるのだから、国の歴史などはなおさら、都合のよいようにいくらでも改竄されたのだろうと憶測したものである。正史とそれに反する史実があることを実感したものである）。

〔3〕自分史を書く

日本経済新聞朝刊の最終面にコラム「私の履歴書」がある。政治、経済、社会、文化、スポーツなどの分野で活躍され大きな業績を上げられた方が、その半生を語る紙面である。

一九五六（昭和三十一）年に始まったというから、二〇二二（令和四）年で六十六年になる。毎月一名の方が紹介されるから一年に十二名としてこれまで既に八百人近い方が登場したことになる。

その内容は、各自の出自から始まり、幼年期から青年期における家庭環境や学業のこと、現在の会社（あるいは職業）を選んだ動機や人との出会い、そして、現在の位置（地位）に至った経緯、紆余曲折を経て今日の成功を掴んだことが、比較的隠すことなく、赤裸々に語られている。シナリオライターや演出家によって創作された演劇をはるかに超える、目に見えない必然の差配（神）によって演じる人生劇場がある。

それぞれの人生は千差万別であり不二のものである。流れる雲が万古よりまったく同じ形状であったためしがないと同様に、そこには優劣貴賎はなく、それぞれに個性的で味わい深いものがある。ただ、人知が定めた基準（例えば、経済力や学力など）によって、現実に生きる社会では幸福感や満足感に違いが生じてくる。「私の履歴書」は、最初から恵まれた環境のなかで順調に力量を発揮する人がいる一方で、遭遇する艱難辛苦を克服して運命を切り開いた努力の人もいる。まさに他人の人生を知るうえで貴重な証言コラムである。

そしてなによりもその人物のいまだ無名時代であった青年期、多情多感な青年期を、どんなふうに過ごしてきたか興味をひく。俗にいえば肉体的要求と魂の要求との戦い、相剋を青年期ほど激しく経験する時期はないのだから。

ここで、せっかくなので「私の履歴書」の活用方法を一つ紹介したいと思う。

私は、六十歳を目前にして、首都大学東京大学院社会科学研究科博士前期課程経営学専攻を修了したが、研究テーマは「建設業における高業績同族企業の研究」だった。その際のアプローチ、参考文献に「私の履歴書」を挙げた。高業績をあげている企業経営者に共通する特性を抽出しようとしたものである。人生の浮沈とやがて成功に導かれるストーリー性もあって安心しながら、特性を探す以上に、それぞれの人生行路を楽しんだ記憶がある。

その結果、次の共通特性を見出すことができた。

◎中期経営計画を環境の変化に応じて柔軟にローリングしている。

◎創業者一族が強い意志をもってその方向性(利益志向)を明示している。

◎原価低減策に独自のビジネスモデルを持っている。

◎受注内容のバランスがよい。

◎可能な限り他人資本に依存していない。

◎顧客志向に徹底している。

◎従業員、株主とは長期的良好関係の構築を心掛け短期利益志向で対応していない。

◎高収益分野を確立している。

◎コア・コンピタンスの選択と集中が、環境の変化に適応している。

◎改革に急でなく、既存の資源を有効に活用している。

◎研究開発活動は、共同開発も含め、実用性と近未来性の両面から進めている。

◎労使関係が安定している。

これらの経営特性は高業績同族企業に特有のものであるとは一概に断定できないが、創業者あるいは創業者一族による同族経営であるがゆえに強力に推し進めることができる項目でもあり興味深い。高業績同族企業は、押しなべて「バランス感覚」に優れており、それが高業績の達成に向けた「ハーモナイゼーション」を形成しているのではないかと思っている。

さて、本題に戻って、自身の自分史がどのように活用されるか知る由もないが、自身のこれまでの生き様を一つの記録にとどめておくことは、意義深いことと思っている。だれに知らしめようと思うのでないが、できれば、伴侶である妻や子どもや孫たちには、自身がどんな人物であったか、どんなことに情熱を燃やし、どんなミッションに生命を燃焼させたか、将来関心をもったときに知る手がかりを提供できればいいと思っている。

自分史の作成にはいまだ取り組んではいないが、いわゆる「年表」にはしたくないと思っている。いつ、どこで、なにをしたか年齢に沿って記録するのも一計であるが、それは時間軸での関心事ではあるが、むしろ、自身の心情の変化を中心に描き出せればいいなあと思っている。自分史の作成には、史実が大事であるから、あいまいな記憶にのみ頼った内容展開は創作物のにおいがしていただけない。私の場合は、前述のとおり長年日記をつけ、さらに年間の主要事項を書き留めているので、その中から拾い出し、いくつかのテーマに分けてその時の心情を表現できればいいと思っている。衒うことなく、見たまま、感じたままに表現できればいいなあと思っている。文量的には、「私の履歴書」程度のA5判で五〇ページもあれば一生を表現するには十分であり、残された家族も飽きずに読み切れるであろう。

[4]自称随筆家をめざして

日記を書く目的も内容も、年代（歳に）応じて微妙に変化していく。若い時と老年期では同じ事象でもまったく逆の見解に至ることもある。むしろ、そのほうが自然なのかもしれない。十代の時には、一晩で十数ページに及ぶこともあったが、壮年期に入るといつの間にか内容は業務日誌のようで味気なく、数行で足りることも多くなった。ところが、老年期に至り再び紙幅が足りないということが起こるようになった。

　退き際は鮮やかにしたいと思う気持ちが紙幅を増やしているのかもしれない。自分の得意とするものはなにか改めて考えてみる。五十六年間も日記を書いているのだから、内容の上手下手は別にして、書くことが嫌いでないことは確かだ。これは、自身の偉業といえるから、この能力を発揮できる場があればいいなあと思う。

しかし、執筆活動とか文筆活動といえば聞こえはいいが、現実には生活苦がつきまといそうで不安が募る。「随筆家」あるいは「小説家」の選択？　しかし、「小説家」は向いていないと端から決めてかかっている。第一、独創性がなくストーリーの展開ができない。さらに愛憎のもつれや、どろどろした愛欲の世界を想像することはあまり好きでない。

『大辞泉』によれば、小説とは、作中の人物・事件などを通じて、現代の、または理想の人間や社会の姿などを、興味ある虚構の物語として散文体で表現した作品であるという。所詮この世は虚構の世界とうがってみれば、その生き様そのものが小説といえなくもないが、赤裸々に私生活を題材にして曝け出すのもどうかと思うと、やっぱり小説家にはなれない。

十代の日記にはペンネームで、都会にあこがれた田舎の青年が、紀伊に住む文通相手の女性の上京を促し、同棲生活を夢みながらも、現実の生活苦と青春の蹉跌のなかで挫折していく姿が書かれてある。しかし、やがて、その苦しみから抜け出すために化身し第三者が描いたシナリオどおりに別の人物を演じようと心に決める。そして、老境に至り人生を振り返ったときに、本心を見せることなく架空の人物を演じてきた自分に涙する。

また、こんなことも、司法修習生の男性が赴任先の和歌山地裁への帰り道、新幹線で偶然隣り合わせた若い女性が車内で体調を崩してしまう。聞けば住まいは京都ということで京都駅で途中下車して親御さんに引き渡す。女性は京都の有名私大に通う文学部の学生で、実家は八代続く老舗和菓子屋のお嬢様。二人は気持ちが通じ相愛の仲になるが、女性にはすでに親御さんが決めた結婚相手がいる。母親は娘の幸せを願い心折れ理解を示すが父親が猛反対して、二人の仲は破談する。男性は、司法修習の修了を待たずに、失意の中で「生きるとは」の答えを求めて仏門に入るという話である。

青森県出身の小説家には、あまりにも有名な太宰治のほかにも石坂洋次郎、三浦哲郎、長部日出雄がいる。異才を発揮した劇作家の寺山修司がいる。また、私の出身のむつ市からは映画監督の川島雄三も輩出している。それぞれは小説家、劇作家、映画監督と分野は違えど、理想の世界や社会の姿を独特の切り口で抉りだす才能には驚くばかりである。ただ、私にはその独創性、虚構性を編み出す才能はなかった。

他方、随筆とは、自己の見聞・体験・感想などを、筆に任せて自由な形式で書いた文章であるから、日記に近くストーリーが求められるものではなく、形式も内容も制約を受けない自由に自身の体験したことや社会事象について見解を述べることができる気楽さがある。

日記はまさに随筆の温床・宝庫である。

わが国における随筆として著名なものに、十世紀末に清少納言によって書かれた『枕草子』、鴨長明の『方丈記』、吉田兼好の『徒然草』などがある。近世に入ると、随筆の幅はひろがり文学的なもののほかに時代考証や見聞録など多彩になっている。新井白石の『折りたく柴の記』も入試問題の定番だったと記憶している。

随筆との出合いは、高校生のときの国語の先生が国文学科を出た先生で、その制約されない自由な形式に魅かれた。よく、名文を諳んじて披露していたのが印象にある。私が初めて一冊の本として随筆を手にしたのは昭和四十一年三月二十七日(日)である。私の最初の日記帳「豆記」に「法然草、枕草子を買う」とある。町の本屋さんで買ったのであろう。

随筆が、持論を羅列するだけといってもその中に、読む者を魅了する説得力や意外性がないと全然おもしろくない。拙著が数冊あるので、読んでみるが、稚拙さに赤面する。作家が〝自分の書いた本を二度と読まない〟というのもわかるような気がする。

さて、私の退職後の身の振り方であるが、できれば、自称随筆家の肩書をもって、子どもたちに作文を指導できればいいなあと思っている。良寛が子どもたちに好かれたように、子どもたちのほうから寄ってくるそんな老年書生でありたいと思っている。衒うことなく穏やかな話しぶりの中に、自身の意思を明確に伝えることができる能力を持った子どもたちに育てる。それが理想である。

退職後、人里離れ、社会から隔絶した生き方はいましばらくお預けにしたいと思っている。

（3） 学ぶことへのこだわり

学ぶことへのこだわり、その希求する姿は、教養を身につけた教養人である。教養はその人の総合評価である。

教養のある人を教養人というが、これがなかなかどのような人を指すのかわからない。「教養」を辞書で引く。「ひとりの社会人として身につけるべき、はばひろい知識やこころの豊かさ」（『例解新国語辞典』第五版、三省堂）、「㋐学問、幅広い知識、精神の修養などを通して得られる創造的活力や心の豊かさ、物事に対する理解力。また、その手段として学問・芸術・宗教などの精神活動。㋑社会生活を営む上で必要な文化に関する広い知識」（『大辞林』小学館）ほか、辞書によりさまざまである。求められる教養の内容は所属する社会の文化、国家の統治形態、民族によって異なるであろうし、幅広い知識といっても人文科学なのか社会科学なのかそれとも自然科学なのか、いずれが重視されているかによって異なるであろう。さらに自然科学に関する知識でもデジタル時代の今日とアナログ時代ではかなり内容が異なってきているはずである。

このように「教養」は、一見、抽象的でとらえどころがないように見えるが、「教養人」のイメージはつかめそうである。例えば、古典、文芸に通じ、俳句や漢詩、書画をたしなむ碩学の夏目漱石や寺田寅彦に異論を唱える人はいないであろう。

今から五十年以上も前、私の学生時代を思い起こせば、いわゆる知識層と自認する学生は好んで「朝日ジャーナル」や「中央公論」、西田幾多郎『善の研究』などの哲学書を好み、(難解な文章をいかにも理解しているかのように)その中で論じられている主義主張を、無批判的に受け入れ、討論となるとそれを引用して反駁する光景があった。作家では丸山真男、桑原武夫、大江健三郎など現代の政治・経済・社会・文化、さらには恋愛・結婚など諸問題に一家言をもつような作家が信奉されていた。また、当時は、ベトナム反戦デモや大学改革が叫ばれ学生運動が盛んな時代であったから、デモに参加しないノンポリ学生は、意識が低く教養が足りないとみなされ、肩身の狭い思いをした時代であった。

そこで、私なりに「教養人」を定義してみた。「教養人」とは、「洗練された振る舞いや会話を楽しむ能力、およびそれらに必要な知識や文化的素養があり心の豊かな人」をいう。

それを実現するには〝読書を通して千人の人生を疑似体験すること〟。ジャンルは問わないとする。仮にあと六百人の疑似体験をしなければならないとすれば、年間三十冊で二十年は要する。九十歳を過ぎてようやく私も「教養人」の仲間入りができる。至難であるが刺激的だ。これが学ぶことへのこだわりの理由である。

[1]読書に勤しむ

「書くことへのこだわり」は、裏返せば「読むことへのこだわり」でもある。その効用は多くの部分で重なりあっている。ただ、書くことは、自身の思想、価値観・世界観をだれの干渉も受けずに一方的に発信できる利点はあるが、自身の現在保有する教養や専門知識以上のものは発信できないという限界がある。他方、読むこと、とりわけ読書は、一冊の本から著者の人生を疑似体験することができるという利点がある。したがって、読む量が多ければ多いほど多彩な他人の人生を楽しむことが可能になる。

ここで、改めて、読書することの効用をいくつか羅列すると以下のようになる。

・他人の価値観や新しい価値観を知ることができる。
・文章力が向上する。
・語彙力が向上する。
・記憶力が向上する。
・論理的な思考が身につく。
・説得力が増す。
・教養が高まる。
・問題解決の糸口を見出すことができる。
・コミュニケーションが上手になる。
・ストレスの解消になる。

・他人の人生を疑似体験できる。
など、いくつも挙げることができる。

それぞれが読書する目的は、時と場所、遭遇する問題や状況により異なるが、本には、人類が体験した多くの叡智が披露されているので、私たちはそこからヒントを得て、求める答えを導きだすこともできる。読書に勤しむことは、現在を知ることはもちろん、過去の歴史を紐解き、はたまた将来に夢を結ぶ可能性を示唆してくれる。習慣化した読書は日々の清涼剤であり、明日への活性剤である。

以下は、私の読書へのこだわりである。けっして読書量は多くないが、自身は少ないながらも充実した読書生活を楽しんでいる。

①読書環境を整える

読書は本人がその気になれば場所を選ばない。書斎だけが読書に最適な場所ではない。通勤電車内では読書している方をかならず見かける。近年では電子書籍も普及し、スマホを手にしている乗客のなかには読書を楽しんでいる方もいらっしゃるはずである。行きつけの喫茶店で好みの音楽を聴きながらする読書も至福の時である。経済的かつ温湿度管理のいきとどいた快適な環境を求めれば最寄りの図書館も最適である。一冊の本を隅から隅まで読むことにこだわらなければ、短時間のうちに所蔵の月刊誌を連続して読むことも可能である。このように読書スタイルに正解はないが、私には、融通がきかない面があり場所にこだわる傾向がある。

サスペンスものなど肩が凝らない作品は、通勤電車内が集中できる。筋書きを想像して先へ進む。クイズを解くような感覚で読み、想像どおりだと、わが意を得たりと満足し、はずれると作者の意外性や独創性に驚いたりする。

他方、古い時代に書かれた小説や人生論を述べたもの、特定の個人を取り上げたもの、宗教に関するもの、専門書など、難解な語彙が含まれていると思われるものを読むときは必ず自宅の書斎という暗黙の決まりがある。落ち着かないし、内容が記憶として定着しないからである。

自宅の一室、四畳半が私の書斎である。机があり、左横に壁を背に書棚をならべ、その前に四段からなるスチール製の剥き出しの棚が置いてある。書棚にはすぐに手の届く高さに、漢和辞典、古語辞典、国語辞典、英和辞典、独和辞典、仏語辞典、西語辞典、日経経済用語辞典、経営学用語辞典、法律用語辞典、模範小六法等を並べ、スチール棚の下段には大辞泉を広げている。

持論は「人間は横着である。調べたいものがあっても手の届く範囲内に辞書がなければ、簡単に断念してしまう。たとえ、椅子から二、三歩の所にあっても、立ち上がるのを面倒くさがり、辞書を引こうとしない。〝辞書は手の届く範囲に置く〟が肝要である」と。

難解な文字に遭うと、その意味がわからないと前に進めなくなる。その文字が読めなくても意味がわからなくても、前後の文脈からおおよそは理解できるのであるが、なぜか、心の納まりが悪く、辞書を引かないことには立ち往生してしまう。結果、読み終えるまでには時間がかかってしまう。「書くことへのこだわり」の一例（『良寛』）では、難解な文字がわずか数行のうちにいくつも出てくるので、辞書を引く時間が長くなる。この作品以外にも一冊読み終えるのに二カ月以上かかることも珍しくない。

辞書の引き方は、最初に常用国語辞典で引く、そこに記載されていない場合には大辞泉を引く。それでも記載がない場合は漢和辞典に及ぶ。難しい漢字の場合は最初に漢和辞典から引き始める。そして、辞書から得た読み方と意味は直接本の余白に青色のペンで書いていく。本を汚さない、綺麗に読むことにはこだわりがないので、ある頁は青色で埋め尽くされていることもある。人物や地域などの固有名詞は橙色のマーカーで、熟語などキーワードは緑色のマーカーで、気に入った文章は黄色のマーカーで塗りつぶすなど、いくつか読書のためのルールを決めている。したがって、マーカーを手にする分、速度は落ちていく。いわゆる速読はできないし、その技を身につけたいとも思わない。

②乱読の勧めと愛読書

私の幼少期は本とはほぼ無縁であった。両親が明治生まれで、父が読書している姿を見たことがないし、母がときどき近所から借りきた婦人雑誌を読んでいるぐらいであった。本のある所といえば小学校の図書館ぐらいのもので、町の図書館までは距離的に遠く出かけたこともなかった。家には、二冊、國史名畫刊行会が昭和十三年、省文社から発刊した『國史美談——教訓畫蒐』(定価二円五十銭)と、皇室寫眞帖編纂所が大正十一年十二月一日(一九二二年、今から百年前)に発刊した『皇室寫眞帖』があった。前者は「我が偉人烈士と敬われる先哲のその華々しき生涯を絵畫にした」もので、「日常道徳涵養の上に最も適切なる素材となる忠節、孝養、友愛、立志、信義、貞節、義侠など十七項目を六十枚にわたり、時の有名書家が描いたものである。「……益々堅忍不抜の志操を堅持し今後に来るべき如何なる艱難にも堪へしめんと茲に『國史美談——教訓畫蒐』と題し普く江湖に贈らんとす」とある。

数例挙げれば、一枚目は「誠忠永しへに薫る忠臣菊池武光」で、「天恩をないがしろに畏れ多くも帝に弓を引き奉る賊となった少貳頼尚の軍六萬、先祖代々勤王家の菊池武光の軍八千これを討たんとして起った」、馬上にあって敵陣に躍りこんでいる勇装が描かれている。「猛威阿修羅の如き有様に敵は八方に散り崩れた」とある。また、中ほどに「孝の一途に歸國した中江藤樹」がある。祖父の元に届いた母の手紙に、寒さに慣れぬ水仕事のために手足に皹が出来難渋していると知り、下男に聞いた妙薬を買い求め大雪の中、母の元へ帰るが、「お前には一人前になる迄は故郷に戻るでは無いぞよと固く申聞た筈なのに立ち戻るとは何事ぞ」と家の中に入ることも許されず、「早々とお帰り」と強く訓戒されている様子が描かれてある。最後の六十枚目は「過信と油断に始まった平家の滅亡」で、摂津福原城内で平家の公達が日夜、酒宴に女を侍らせ琵琶、笙と遊楽三昧に耽っているその空虚に付け入った源氏は三方一斉の奇襲、それを平家の物見の小者が「スワ大變でござる、方々お出會ひ候へ源氏方間近に押寄せたり」と注進する様子が描かれている。

読み物がなかった私は、ただ、それらの絵図を意味もなく眺めていた。とりわけ雨の降る日は外に出るあてもなく、精米用の米袋の上に寝そべりながら眺めていた。この本は、私が両親と一番遅くまで過ごしたこともあり、自然と私の書棚に納まっている。表題が金文字で表紙も金色製本されていることもあり捨てるに捨て切れず、今は亡き両親との思い出の図書となっている。

一方、後者の『皇室寫眞帖』には、明治天皇陛下に関わる写真が六十四枚のほか、御年譜や皇室・皇族のことが細かく紹介されており、最後に付録として天皇陛下が歌われた御製集が納められている。なかでも写真の一枚目は、明治初年撮影されたもの、二枚目は明治三十七年に撮影されたものである。一枚目は天皇陛下に即位してまもない若き陛下のお姿である。二枚目は日露戦争が始まった年のせいか国民を鼓舞する意味もあったのであろう、数々の胸章で飾られた軍服姿の写真である。いずれも当時の世相がわかる貴重な写真といえる。

このように、わが生家は文化的生活にはほど遠く(いやそれが昭和の二十年代から三十年代はごく普通の庶民生活だったのかもしれない)、前述したように蓄音器一台、童謡のレコードが数枚あるきりだった。そんな生活が一変するのは、私が高校に入学してからである。すぐ上の姉が就職してからである。ショパンのレコードが届き、河出書房新社の世界文学全集(五十巻+別巻)が届いてからである。古びた蓄音器はアーム部分が包帯で巻かれ、使い古したレコード針が数本、来る日も来る日もショパン(それしかなかった)が流れていた。音楽を聴きながらの読書は、優越感で心を満たした。緑青の表装でビニールのカバーがかかった河出書房の世界文学全集は、誇りだった。各巻のストーリーも楽しみであったが、特に美しい文章を探しては(これは恋文にそのまま使える)赤鉛筆で線を引き、貪るように読んだ。乱読と聞けば、ジャンルを選ばず、片っ端から目の前にあるものを読んでいくイメージがあるが、そんな選択する余裕などなく、ただただ、河出書房の世界文学全集が私の読書本であった。

これらの作品に共通していえることは、貴族の栄華と没落、権力と腐敗、革命、支配者と被支配者の反転、身分の違いと恋愛有情など、人生の織りなす喜怒哀楽が絶妙に表現されていることである。なかでもロシア文学は、長編を通じて語られる波瀾万丈の物語が魅力であった。「ギャロップ」(速歩)という言葉が好きで、広々とした風景の中で「カッカ、カッカ」とリズムカルに大地を蹴って走り抜ける馬上の上流貴族や将校の姿を思い浮かべた。それは草原を疾駆するモンゴル人の様相とは異なり高貴なイメージがあった。おかげで、まだ見ぬ世界へのあこがれは募るばかりで、いつの日か必ずこの目で世界を旅したいと思うようになった。六十歳を過ぎて初めてヨーロッパに旅したとき、飛行機が日本海からロシア上空を通過するときに、眼下に広がる大地とそこを蛇行して流れる河川に、本から受けたロシアの印象が重なり感慨無量になった。

さて、乱読であるが、現在でも読みたい本を自ら探し求めるということはない。他力本願のきらいがあり、人が読んだ本を借用して読んでいる。身近では妻の書棚にある本がそれである。どの本を読んでも自分の知らないいろいろな知識がふんだんにあるから、それらを自分の〝知識の引き出し〟に貯めておけば、いずれなにかの足しになると思っているのでこだわりがない。また、精読にこだわる人もいるが、専門を深く極めたいときには精読し、広く情報を集めたいときには乱読、というようにそれぞれの目的に応じて使い分ければよいことで、最初から「こうでなければならない」というような決めつけはない。さらに、読んでためになる書物、良書にこだわることもないと思っている。悪書の反対語として、善良、健全な書物だけを求めていては、人間のどろどろした、生身の人間の営みは見えてこないであろう。世に悪書といわれるものでも、それを読むことで、善が浮き彫りになることもあろう。良書か悪書かの判断も自身の成長と経験のなかで篩分けられるものと思っている。

最後に、最近読んだ本を挙げれば、河合隼雄『昔話と日本人の心』(岩波書店、一九八四年)がある。題名から眠気覚ましによいと軽い気持ちで読み始めたところ、昔話に隠されている人間の心理を深く分析するもので難解で手間取った。約二カ月を要した。今、読んでいる東郷豊治『良寛』(創元社、一九五七年)も思いのほか時間がかかっており、乱読(多くの本を手当たり次第に読む)にはほど遠い状況にある。

次に愛読書であるが、愛読書はあったほうがなにかと便利である。例えば、なにかに悩み苦しみその解決策を見いだせない、答えが逡巡して心身ともに疲労困憊に陥る、そんなときに、生き方や価値観に共鳴する愛読書があれば、その教示に従うことでヒントやアイデアが湧き、悩みや苦しみから解放されることがある。愛読書には自身のエネルギーを省力化できる利点がある。まさに〝困ったときは愛読書へ還れ〟である。

ここで愛読書とは、これまでも何度も読み直している本をいう。内容は、人により異なるが、自己啓発本や心の支えになる本、あるいは仕事上で繰り返し参考にしている組織や経営に関する本も含めている。ただ、月刊誌や週刊誌の類の書は外している。

私の場合、前者の例では、宗教学者である紀野一義『いのちの風光』『佛との出会い』『大悲風の如く』がある。いずれも筑摩書房から発刊されたもので、氏の〝現代に生きる仏教三部作〟である。さらに、数学者で文化勲章受章者の岡潔『岡潔集（第一巻〜第五巻）』（学習研究社）と、元国会議員の常岡一郎『流轉』『運命と心』『たましいと心』（中心社）もそうである。いずれも心が折れそうになったとき、将来の展望が見えなくなったとき、反対に順調にことが運んでいるときにもよく読んでいる。後者の例では、私の首都大学東京大学院時代の指導教授であった桑田耕太郎先生の『組織論』（有斐閣アルマ）がある。組織原理がわかると人の動きがわかり、集団行動の予測も多少できるようになる。仕事の優位性を求めるビジネスパーソンには参考になる書である。

③知識を増やす

読書に勤しむことで享受できる利点は、知識を増やせることである。ここで私のいう知識とは、物事に対する広く浅い知識をさす。日常生活を振り返ってみるとわかりやすいが、知識が豊富な人と話していると会話が楽しく時間を忘れてしまうことがある。そうした人は、押しなべて読書家で、話し上手であり聞き上手でもある。物事の本質を理解し、加えて、分をわきまえた人だと、その人と知り合いになったことが誇らしくなってしまう。そして、どうしてこれほどまでに、物知りなのだろうと、羨ましくなってしまう。

自身がその実体験から得る知識には限りがある。しかし、他人の人生を疑似体験できればそこから得る知識は無限に広がっていく。

木の幹に例えると、自身の実体験から得られる知識は幹の太さであり、年々年輪を重ねることでその面積を広げていくことができる。他方、他人の人生の疑似体験から得た知識は幹の高さであり、本を読むほどに高さを増し、全体を俯瞰することができるようになる。木の幹の太さと高さを乗じた体積そのものが自身の知識量となる。両者は相互補完の関係にあって木の成長を形成していく。

この疑似体験を可能にするのが読書である。本には著者の人生が凝縮されているから、読んだ本の数が多ければ多いほど知識は豊富になっていく。それも自分の好みの分野に偏らずにさまざまなジャンルの本に挑戦してみる。すると、ある特定の傾向をもつ人たちに抱いていた偏見がそれを読むことによって解消することがある。また事の善悪や妥当性の判断基準が新しい知識の獲得により変更を余儀なくされることもある。仕事をうまくこなし、人間関係を円滑にするためには、持てる知識量が大きく左右することから、読書の価値は大きい。

知識の連鎖はおもしろい。一つの話題が際限なく広がることがある。学生時代、福井県出身のクラスメートがいた。歌手の呼称でイントネーションに独特のものがあり、冗談を言ってはからかっていた。それがキーになって、福井の名刹・永平寺に話が及び、道元、曹洞宗、円通寺（菩提寺）、恐山、戊辰戦争、会津藩、下北半島、斗南藩、酪農業、北海道、知床旅情、抒情歌、森繁久彌、倍賞千恵子、アントニオ猪木、北朝鮮、人生の楽園、天国と地獄、キリスト教と仏教、旧市街と新市街、まだ見ぬ世界の街並など、夜遅くまで酒を酌み交わしながら語りあったことがある。素材の多くは読書から得た断片的な知識であった。懐かしい学生時代のワンシーンである。

〔2〕品格を磨く

品格とは「その人やその物に感じられる気高さや上品さ。品位」（『大辞林』小学館）である。私たちは品格の有無を明確に判断する術を持っていないが、「品格は所作に現れる」ことを感じている。日本一高い富士山は、その優美さ気高さにおいて他の追随を許さない品格の山である。地下を絶え間なく流れる熱いマグマが〝時の旬〟を得て噴出し、周囲との調和の中で現在の姿となったのである。これを人間に置きかえると、地下に眠る膨大なエネルギーは「教養」であり、その表出した姿の一部が「所作」である。

教養とは、洗練された振る舞いや会話を楽しむ能力、およびそれらに必要な知識や文化的素養や心の豊かさであるが、それは、育った環境、受けた教育、交友関係、出会った書物など多様多彩な要素の影響をうけて熟成され、結果としてその人独特の「所作」となる。留意すべきは、教養＝所作ではないことである。とりわけ、品格を覚える所作、上品と感じる所作を体得するには、それなりの努力が求められる。その結果が「身についた上品さ」であり、「品格ある人」になるだと思う。「教養人」になるには長い年月を要するが、ある程度の所作を身につけるには、集中して数年も修練すれば、相当の域まで到達できると考えている。例えば、茶道、華道、書道、武道、行儀作法などは、私たちの身近にあって経験できる「道」であるが、それを修練することで、無駄な動きを排して洗練された振る舞い、言葉遣い、間合いを身につけることができる。一つの行為が次の行為に無駄なく無理なく流れ行くさまは、見ている者に心地よい感動を与え、また、洗練された所作を身につけた師を慕い尊敬する心情は、他者への思いやりを覚醒させる。

映画『マイ・フェア・レディ』（監督ジョージ・キューカー、一九六四年）で女優オードリー・ヘップバーンが、ヒギンス教授の厳しい特訓を受けて上流社交界へ上りつめて行くシーン、悲痛と歓喜の心情の交錯が懐かしく思い出される。私たちは、普段、無意識的に自他の違いを、その容姿や言葉遣いなど外見から受ける印象と、思想や信条、物に対する見方や考え方、持っている知識や性格など内実から受ける印象によって、それぞれの所属する品格を値踏みし遠近を測っている。その距離が近い場合には親しみを感じやすく、遠い場合にはあこがれや羨望の対象となる（もっともその距離が疎ましい存在に映る場合もあるが）。そして、その距離にあこがれを感じる場合には、上品を希求する意思（気持ち）がある証拠であるから、その意思を持ち続けることがとても大事なことになる。

宗教学の権威である紀野一義によれば、「観無量寿経」という女性のために説かれたお経があり、そのなかで人間を9つの階級に分けてある。よく「あの人は上品」というが、あれは「じょうひん」というのではなくて「じょうぼん」と読むのがほんとうである。一番上等な人間が「上品上性《じょうぼんじょうしょう》」、次が「上品中性」、さらにその次が「上品下性」そのあと「中品中性」……とつづいて、……一番下の人間のことを「下品下性」というのである（『大悲　風の如く』）。

さて、人間を9つの階級に分けた場合、上品、中品、下品の割合はどうなっているのか気になるところであるが、私は、かつて学校の通信簿が成績を五段階に分けていたように、上品「5」が七％、中品が八六％（上性「4」一五％、中性「3」五六％、下性「2」一五％）、下品「1」が七％、とするのが実態に即しているのではないかと思っている。この分類によれば上品上性な人はせいぜい百人に一人から二人という極めて狭き門をくぐった人ということになる。

さらに、留意すべきは、高学歴者＝品格者ではないことである。学歴がなくても博識の人はいる。同様に資産家＝品格者ではない。貧乏しても高潔な人はいる。高学歴者や資産家でも野卑な人、吝嗇家は、蔑まれる。また、いかに外見的には上品さを振る舞っても、内実が高慢であったり、欲深かったり、人を見下すような人は論外である。自分を必要以上に能力者に見せようとして学歴詐称をする人も同様である。

それでは品格ある人になるにはどうすればよいのであろうか。前述したように品格は教養に裏打ちされた所作に現れるから、教養を身につけることが不可欠である。しかし、教養は無形であり際限がないからそう簡単に身につくものではない。

そこで、先人が極めた作法を茶道や華道等を通して身につける方法が有効になる。比較的簡単に好感をもたれる所作（礼節を守り、相手を心地よくなごやかな気分にさせる）を身につけることができるようになるからである。

その他、先人の戒語の中にも品格者となるためのヒントはある。例えば、良寛上人の二十八の戒めは、側面から上品な品格者となるための条件を提示しているように読める。例えば、「ことばの多き」：あまり無駄口をしゃべるな、「とわずがたり」：聞きもしないのにペラペラしゃべるな、「手がら話」「能く心得ぬ事を人に教ふる」「物いひのきはどき」：誇張した物の言い方をするな、「自慢話」「好んでから言葉を使う」：今風にいうと、英語や外国語をよく使う表層的インテリ、「品にあはぬはなし」など。耳の痛いことが列挙されている。

以下は、私が品格を磨くために日常心掛けていることがらである。

①身だしなみを整える

人の第一印象は身だしなみで決まる。私たちの日常は、多くの人との出会と別れの繰り返しであるが、その人の内実を知る前にその外見を以て全体像を決めつけてしまうことがある。そして、そこで受けた印象は後々まで尾を引き、例えば、採用面接では、入室した瞬間に採否が決まることだって不思議でない。その人の持てる知識や技術や技を問う前に、受けた第一印象がそのままその人の力量・能力まで仮定するからである。
いかに身分の高い人、お金持ちでも、薄汚れたシャツを着て、破れた靴を履いていては、相手に疎んじられてしまう。ビジネスではパフォーマンスを発揮できずにプレゼンに入る前に失注してしまう。相手に不快感を与えない、清潔感のある服装など身だしなみを整えて臨むことは大事である。今日、自分の好きな服装や好きなアクセサリーを身につけ着飾ることは華美でなければ許されそうであるが、そこにはＴＰＯを意識した理解が必要である。

ＴＰＯとは、ご承知のとおり、「時と場所に鑑みて適切に振る舞う」という趣旨で用いられる語である。Ｔはtime（時）、Ｐはplace（場所）、Ｏはoccasion（場合）の頭文字で和製英語である。問題はその適否の判断である。「ドレスコード」（服装規定）のように、例えばオペラ鑑賞、パーティーに招かれたときや高級レストランでの食事など、入場・入店の際の服装（品位）が決められ、それを守ることが求められている場合はわかりやすいが、そうでない場合は、結局は自身がその適否を判断するしかないので悩ましい。

以下は、私の体験事例である。今の会社に入社してまもなく、総務課長から、ワイシャツの色が派手過ぎるから、別の色のワイシャツに変えてほしいと注意を受けた。企業に就職するのは初めてで、それまでは半ば夢多きフリーターの生活をしていたから、手持ちがない。いうならば白いワイシャツや淡い色のワイシャツよりも原色に近いワイシャツを好んで着ていた。最初に注意されたのは濃いピンクのワイシャツで、周囲の白の中ではたしかに目立って不快感を与えたのであろう。そこで、次の日は濃い緑色のワイシャツに変えて出社した。同様に注意を受けた。以降、濃い黄色のワイシャツ↓濃い青色のワイシャツと続き、ようやく薄い青色のワイシャツで注意が納まった。初給料で白のワイシャツを数枚買ったのを覚えている。この間の私に対する社員の印象は知る由もないが、自己中心的で目立ちたがり屋でＴＰＯをわきまえない人間と映ったことはたしかであろう。

社員に一度持たれた印象はなかなか消えず、それを払拭するには仕事で成績をあげ会社の業績に貢献していることを社員に認めさせなければならない。私には同じ課に同年齢のライバルがいたことが刺激となり、目標達成に向けて頑張れたことが幸いした。

それ以降、特に五十代に入り、原則白のワイシャツ以外（ときどき薄い青色のワイシャツ）は着なくなった。白の気高さがわかるような気がしてきたからである。それ以外の身だしなみで気をつけているのは、靴の汚れ、メガネの汚れであろうか。以前は、メガネの汚れ取りに苦労したが（布地のメガネ拭きは限界があった）、今日では個装されたメガネクリーナーシートが販売されており、汚れがすっきり取れる便利な時代になった。

②美しい所作を真似る

なにごとによらず我流・独自のスタイルで一定の成果、評価をあげることは至難である。その独創性は評価できてもあまり良い結果に繋がらないことが多い。

昭和四十二年、今から五十五年前、高校生の私は、修学旅行で訪れた東京上野の松坂屋であこがれの英文タイプライターを買った。地方でも買えたのだが、あえて「東京で買う」にこだわったのである。修学旅行を終えて自宅へ戻ると早速キーを打ち始めた。アルファベットの配列に戸惑いながらも少しでも速く打てるように練習を重ねた。おかげで30ワードぐらいまで上達した。

その後、上京し、専門学校に入学するのだが、カリキュラムのなかに「英文タイプ」があり、タイプライターの打ち方からその速度アップのコツなどを教わった。当時はまだ手動タイプライターが主であったが、専門のタイプライターの間では電動タイプライターも使われ始めた時期である。手動なら40ワードも打てれば上出来であるが、電動なら60ワードも打てると聞かされ驚いたものである。

「英文タイプ」の授業は、始まるまでは楽しみだった。ところが、すぐに苦痛を覚えるようになった。キーボードに指を置く位置に「ホームポジション」があり、左右五本の指の置く位置が決まっている。あくまでも事務処理の効率化という点から、先人が到達した指の位置ではあるが、先生の指導を拒否して自分の好き勝手に打つことは許されない。当然30ワードぐらいは打てると思っていただけに、それができなくなった。なによりも左右の指の感覚が不定愁訴のように「思い」が指先に伝わらないのである。違和感。打ち間違いが多くなる。仮に「Ｈ」を打ったつもりでも「Ｊ」を打つ始末である。結局、そのことが後々まで響き、スキルは上がらず、35ワードぐらいで課程を終えた。

ここで指摘したいことは、独自でことを進めることはとても素晴らしいことである。しかし、始めるその前に、先人の考案した効率的な方法、洗練された作法がないか調べ、それから取り掛かっても遅くないということである。むしろそうすべきである。なまじ高校生の分際（当時、英文タイプライターを持っている生徒は周囲にいなかった）でタイプライターを手に入れたばっかりにこうした結末を迎えたのである。これが仮に、専門学校で初めて英文タイプライターに触れたのなら、しっかり基礎から学び、ホームポジションを基点に美しく流麗に打点していったことであろう。当然、40ワードの壁も乗り越えたことであろう。その後、パソコン時代が到来する。アルファベットの配列には慣れていたせいか、同世代の人たちよりは違和感なく仕事に活せたことが唯一の救いであった。

さて、本題の「美しい所作を真似る」であるが、華道、茶道、書道、武道、行儀作法などお稽古ごとには型がある。流派によって若干異なるとしても、真髄はそう変わらないと思っている。一つ一つが独自の型を持ちながら次に続く型に繋がり、全体として美しい型を形成していく。これは幾百、幾千回の稽古によって到達できるものであり、その所作は洗練された無形の芸術にまで高まることがある。私は、こうした稽古ごとの経験がないからいえないがなにごともまずは先人の型、所作、それも美しい所作を真似ることから始めるのが効果的であると思っている。

所作を真似るには、所作が美しい人を観察して、良いと感じた所作を真似ることである。笑顔が素敵な人であれば、自宅の洗面鏡に向かって微笑んでみる。背筋が通って歩行姿勢が美しい人からは背筋を意識して歩いてみる。普段から自分を客観視してその立ち振る舞いに関心をもっていると、人を不快にする所作がどういうものかわかるようになる。その立ち振る舞いが美しく、控えめで、品がある所作は行儀良く見える。それは、他人に対して、思いやりのある優しく親切な性格と映り、相手の心を和ませ豊かにする。

私たちの周囲には、美しい所作を身につけた人が、意外といらっしゃる。それぞれの「道」の師匠さんのほかにも、ホテルマン、キャビンアテンダント、高級ブランド店の販売員、高級レストランのスタッフ等々。

美しい所作を真似るにあたり、私が心掛けていることの一つは、背筋を伸ばして歩くことである。この年になると、ときどき体が左右に微妙に揺れることがある。このアンバランスは注意信号と受け止め、その日は股関節をゆっくりストレッチして、微調節している。

また、食事ではテーブルマナーの基本には注意を払っている。食事に接する態度は、その人の「お里が知れる」ほどに、素性を露わにするもの。食事／食欲は人間の本能として隠しきれないものだから、おいしい料理の前ではマナーよりも本能が先に出てもおかしくはないが、文化的生活を享受したいのであれば、やはり基本のテーブルマナーは身につけておきたいものである。

最近は、日本人もフォーク、ナイフ、スプーンなどカトラリーの使い方に慣れ、運ばれてこられる料理の順番に外側から順に一つずつ使用していく。中座の場合はお皿の上に八の字に置き、食事が終わった時にはお皿の右側に並べて置く。ナプキンは中座の際は軽くたたんで椅子の上に置き、決してテーブルの上には置かない、など、常識になっている。意外に知られていないのが和食のマナーである。私は、食べる手を休める時は、箸を器の上に置く癖がある。〝箸を置くときは必ず箸置きの上に置くこと〟。あるとき天麩羅料理店で食事をしたときに一緒に盃を交わした知人に、店主に聞こえない小さい声で教わった。自宅でも箸置きはテーブルに置くが、わずらわしく使うことが習慣になっていなかった。しかし、外ではマナーがより強く求められることを知った。今も思い出すたびに赤面する。

所作は、相手に与える印象を大きく変える。前述の「身だしなみを整える」と相乗する。ぜひとも美しい所作を真似ることで、美しい所作を自然に身につけたいものである。

③機知に富んだ会話を楽しむ

気が置けない仲間同士の会話ほど楽しいものはない。話題が次から次へと展開し、時の経つのも忘れてしまうことがある。これは老若男女を問わず共通することで、会話が心地よく、適度な刺激で満たされているからであろう。その中に、雰囲気や相手の態度に応じて、気の利いたことを言って笑わせる人がいれば、場は一層盛り上がり和やかな空気に包まれる。こうした人は、押しなべて、おもしろい話題を振りまき、笑わせるだけでなく、物事の本質を把握して理解し、さらにユーモアにも優れている人が多い。単なる皮肉屋ではないし、ダジャレとも違い、品格を感じさせるものがある。

「機知に富んだ人」とは、このような才能、才知に恵まれた人で、知性・教養水準に裏打ちされた品のある笑いを即興できる人である。柔軟な発想力に加え気持ちにゆとりのある人が多い。昨今、言葉遣いが荒く（野卑で）心に余裕のない人が増えたように思うだけに、こうした上品な笑いを提供できる人は、信頼も厚く、貴重である。機知に富んだ人と会話を楽しむことは、自然に上品さを身につける好機である。品格を磨くには、こうした機会を意識的に作ることが有効で効果的である。

さて、「機知に富んだ」話は、なにも会話だけに限定されるものではない。例えば、国会の本会議や予算委員会などの質疑や答弁で、機知に富んだ言葉が交わされたら、議場はもっと人間味のあふれる場になり、国民の政治への関心もより深まるだろうと思っている。

令和二年十一月四日、菅義偉首相は衆議院予算委員会で、日本学術会議の六人を任命拒否した問題で、立憲民主党の枝野幸男代表から推薦者の任命権などについて追及された。その際、首相が用意された答弁書を棒読みする場面が目立ったことから業を煮やし「壊れたレコードのよう」だと皮肉った。そのうえで「原稿を読むのを辞めて自分でお話しになったほうがいいのではないか」と指摘した。また、委員長が内閣法制局長官に答弁させようとすると、「呼んでない！　呼んでない！」と声を荒げて反論し席に戻されるというハプニングもあった。

枝野代表から「壊れたレコードのよう」と皮肉を言われたのなら、せめて「あなたのお持ちの古くて錆びついた蓄音機には、（私の）壊れたレコードがもっともお似合いです」「それが嫌なら、新しい蓄音機をお買いになったらいかがですか、私も新しいレコードを買いますから」と、これぐらいの答弁はしたい。

日本人は、なかなか相手から不意に追及されたりすると、答えに窮し右往左往してしまう。無理もないことで、ディベート（討論）の訓練が授業として行われていないし、理屈っぽい性格は皆から敬遠される。自分の意見を強く押し出すと衝突することも多い。それにしても聞き捨てならないときはせめて機知に富んだ言葉で言い返したいものである。

機知に富んだ人の話は、周囲を笑いに誘う。相手を和ませ、ストレス解消効果もある。下品な話は、機知に富んだ人には一見、相応しくないように見えるが、持ち前の知性・教養水準が、それを希釈して、人間の本性に触れて、上品な笑いに変わることがある。

『津軽艶笑譚』（平井信作著、津軽書房）は、津軽弁で書かれているので読むのに時間がかかる。私は南部出身であるが、どうにかニュアンスはつかめる。どの小話も艶っぽく、抱腹絶倒だ。一度吹き出したら笑いが止まらない。猥談の宝庫だ。こんな話が日常的に（爽やかに）語れる場があったら、性犯罪は確実に減ることだろうと思っている。

笑いに関する研究は、この十数年の間にかなり進歩した。それまでは、「笑いは百薬の長」であり、「笑い」は心も体も健康にする、と言われても、科学的根拠に乏しいとされてきた。それが今では、免疫力のアップやストレスホルモンが減少してリラックスした状態になる、脳の血流が増え脳内のやる気ホルモンや癒しのためのホルモンが増える、大笑いは多くの酸素が体内に入ることで高血圧や動脈硬化が抑制される、ガン細胞と闘うナチュラルキラー細胞が大幅にアップする、など、良好な臨床結果が報告されている。

また、職場では、会話の多い部門は、仕事も円滑に進み、協調と競争がよく機能する。当然に笑い声が絶えない。一方、会話の少ない部門は、空気が殺伐として乾ききっている。プライバシーを若干吐露するぐらいの情報交換があって、機知に富んだ会話が飛び交う職場は、仕事の環境としてはまさに理想的である。

④審美眼を磨く

審美眼とは、美を的確に見極める能力をいう（『大辞泉』）。審美眼を養うには、一流のものに数多く触れることが大切だといわれている。知識で得る以上に実物・本物に触れることが大切ということである。

私は、美術品・骨董品・書画・茶道具などの蒐集家ではない。民放（テレビ東京）の『なんでも鑑定団』はときどき見て、値踏みしては専門家が出した価格と比較して、近似すれば目利きだと喜び、大きく下回れば鑑定依頼人の落胆した表情を見て喜んでいる。とりわけ何代も続いて受け継いできた家宝、それも当代随一の作家の作品だと信じて疑わなかった物が、一万円にも満たないと鑑定されたときには、さすがに喜びを超えて哀れさを覚えしまう。

わが家にも、絵画数点、大皿、茶器など数点あるが、どれも高価な物ではない。なにかの記念品にいただいた物であったり、神社やお寺の境内で開かれている骨董市で露天商から購入した物ばかりである。

私は、陶器類を見るのが好きで、ときどき仕事の帰りに駅に併設のデパートに立ち寄る。お目当ては、実用品として普段の生活で使用するもので、床の間や玄関に飾っておく類ではない。実用品は、万一落として割れても諦めやすく、新しく買えるという気安さある。販売コーナーには皿や器や茶碗など、有田焼、瀬戸焼、伊万里焼、萩焼、九谷焼、波佐見焼、清水焼、織部焼など見慣れた物が大部分であるが、季節の変わり目には新作が出たりするのでそれを見るのも楽しみの一つである。

私はまた、年に数回であるが、美術品や書画を見るために美術館や博物館を訪れる。草書で書かれた墨書は、側に説明書きでもなければ読めないし、意味もわかないが、「書は、手わざの着手された出発点から完了した終着点までの過程の手の運びがそのまま腕の運びとなって綿々と表現されていて、すこしも隠蔽されておらず、その間の痕跡が一本の線に還元できるということである」「墨跡は紙の白地を背景とした中に、図形として表現されている」(東郷豊治『良寛』二二〇頁)を改めて実感し、余白の中にこそ作者の知性や意志があるのだと勝手に楽しんでいる。

私が求める審美眼とは、本来の美を的確に見極める能力というよりは、美的センスの涵養というところがあてはまっている。美的センスの涵養も審美眼を磨き、やがて教養へと進化して品格を磨くことに通じると思っている。

これまでに、外国の著名な美術館や博物館を訪ねる幸運に恵まれた。ニューヨークのメトロポリタン美術館、バチカン市国のバチカン美術館（ミケランジェロの『最後の審判』）、ロンドンの大英博物館、パリのルーブル美術館（レオナルド・ダ・ヴィンチの『モナリザ』）、フィレンツェのウフィツィ美術館、ウイーンのベルヴェデーレ宮殿（クリムトの『接吻』）、プラハのミューシャ美術館、台湾の故宮博物館、そしてマドリードでは国立ソフィア王妃芸術センターでピカソの『ゲルニカ』を鑑賞した。複製品は一度箱根彫刻の森で見ているが、本物から伝わってくる人間の悲愴感は胸に突き刺すものがあり残酷であった。続いてプラド美術館でゴヤ、ベラスケスなど宮廷画家の絵画を鑑賞した。およそ三百年前の王や王妃の日常がこれら宮廷画家によって蘇ってくる。

その他、国内の美術館や博物館も数は少ないが訪ねてみた。また、地方独特の美術工芸品にも魅力的なものがたくさんある（金沢の漆器など）。その土地で生まれ、長い年月、職人によって伝承されてきた技が、粋な作品となって生活に自然に溶け込んで使われている。

こうした物に触れると「美術に対する感覚が鋭くなった」と錯覚して（？）、心に満足感が生まれ、幸せな気分になるから不思議である。機会があればぜひ美術館や博物館を巡る旅、あるいは美術工芸品を買い求めて産地を訪ねる計画を予め立てておくと、より品格が磨かれるのではないかと思っている。

〔3〕時代の流れに取り残されないために

デジタル化の波は、コロナ禍での働き方改革と呼応するかのように、今、大きなうねりとなって、企業並びに個人に至るまで押し寄せている。旧態依然のスタイルにこだわる私にとっては、まことに息苦しい時代になった。

なかでも今日、耳目に触れるのはＤＸ（デジタルトランスフォーメーション）という語である。ＤＸとは、ビッグデータとＡＩやLoTを始めとするデジタル技術を活用して、業務プロセスを改善していくだけでなく、製品やサービス、ビジネスモデルそのものを変革するとともに、組織、企業文化、風土をも改革し、競争上の優位性を確立すること、と定義されている。その対象は全産業に及び、建設業においても例外ではない。むしろ、慢性的人手不足も手伝ってその必要性が高まっているくらいである。デジタル上で三次元の建物をつくるＢＩＭ（Building Information Modeling）やＢＩＭの概念を土木工事において活用しようというＣＩＭ（Construction Information Modeling）、ロボットやドローンによる点検作業、オンラインでの情報交換や遠隔臨場など、ＤＸがこれまで以上に加速している（建通新聞）。

こうした風潮は、遡ること二十年ほど前には、なにごとにつけ、「ソリューション」という言葉が流行り、日本語の「問題解決」の概念では包括できない意味合いで、企業の担当者が戸惑い苦労したことがある。言葉だけが先走りすることなく、実態の伴った改革であってほしいと願っている。

時の風潮がどうであれ、学びに対する基本的スタンスは維持したいもので、以下は、私自身が日頃から心掛けていることである。

①専門知識を深める

ここで専門知識とは、必ずしも業務に関わる専門知識を意味しない。自ら追究したいと思っているテーマはもとより、上司あるいは指導教授から与えられた研究テーマであってもよく、その縁由は問わない。また、テーマが反社会的、暴力的、戦争や軍事、公序良俗に反するものであっても、結果物の利用の適否は別として研究し専門知識を深めることは妨げられてはならず、自由であるべきと考えている。

専門知識を身につけることによる利点はいくつかある。

専門知識をもっていると、問題解決のための選択肢が豊富になることから解決に要する時間が短く、時間を有効に活用することができる。このことは仕事ができる印象を与え、その分野に造詣が深い人として人から信頼され尊敬の念を抱かれる。また、人に教えることで感謝され、職場においてはリーダーや責任者となって全体をマネジメントする人、企業にあっては経営の一翼を担う人、社会においては世相を的確に見定めることのできる人として、その存在感を高めていく。これらの評価は、本人のモチベーションをさらに高め、新しい発見やさらなる研究・探求につながる契機となる。実利面でも精神面でも充実した生活を送ることを可能にする。ただ、専門知識を身につけることは一朝一夕になるものではなく、本人のたゆまぬ努力が求められる。

専門知識をもっているかどうかの判定は、資格試験の制度があれば、その試験に合格することで一応、その分野に関する最低限の専門知識を有するということとなろう。しかし、それぞれの分野で学ぶことは多く深い。合格はスタートラインに立ったことを意味し、より深い知識はその後の実務や体験を通して習得することが多い。ただ、日進月歩の激しい分野においては変化が激しく常に最新の知識や情報に注意が必要である。今ある知識はすぐに陳腐化するおそれがあるからである。

以下は、私の筑波大学大学院ビジネス科学研究科博士後期課程での研究テーマであり、『会社法一七四条』(同友館)にまとめ、出版したものからの抜粋である。これが、周囲から一定の関心を得たことで公私にわたり刺激的となり、生活に弾みと自信がついたことは確かである。

研究テーマ:「相続人等に対する株式売渡請求制度の活用」は、私の職務とは直接関係しない。ただ、長期にわたり創業経営者の側近にあって、その晩年、事業承継の進め方に逡巡する姿を見てきた私は、弁護士や税理士、あるいは金融機関の専門家とは別の視点でなにか妙案はないか考えてきた。その折、筑波大学大学院教授で企業承継法に造詣が深い大野正道先生の指導を受ける好機に恵まれたのである。そして、このテーマが創業経営者への報恩であり、一つの解であると確信に至ったのである。

i　概要

相続人等に対する株式の売渡請求制度は、平成十七年会社法で新設された制度である。この制度は、株式（非公開会社）に相続制限を認めるもので、事業承継にとって極めて有効な施策として、昭和五十年代から中小企業経営者を始め、中小企業諸団体より強く要望されていたものである。その背景には、戦後法人成りした株式会社や有限会社が世代交代期を迎えつつあったことが挙げられる。

この制度の立法化により、株式会社は、定款の規定により、相続その他の一般承継により株式（譲渡制限株式に限る）を取得した者に対し、当該株式を当該株式会社に売渡請求することができるようになった（会社法一七四条）。

中小企業の多くは、その株式に譲渡制限を付する非公開会社である。「譲渡制限」は、株主を現在の株主に限定できることから経営支配を盤石にする利点を有するが、売買等の特定承継にのみ適用され、相続等の一般承継には適用されないため、会社にとって好ましくない者が相続により株式を取得することを防止できなかった。そのため、株主の属性を重視し人的信頼関係に重きを置く中小企業にとっては由々しき問題であった。

本制度は、売買等の場合と同様、相続制限を認めることで、株式の分散化防止と再集中を可能にし、事業承継の安定化を図れるようにしたのである。

例えば、株式が共同相続された場合には、事業承継者とされる共同相続人のみが、会社の株を保有して、その他の共同相続人（譲歩相続人）からは株式を買い取ることで、株式を集中して、株式会社の経営者としての地位を承継することを可能にしたのである。

ii　株式の売渡請求制度の適用要件（詳細は省略）

本制度の適用を受けるためには、（1）相続その他の一般承継により取得した株式であること、（2）譲渡制限株式であること、（3）売渡請求ができる旨の定款の定めがあること、（4）自己株式取得に対する財源規制を満たしていること、の要件（会社法一七四条、四六一条一項五号）が必要である。

iii　株式の売渡請求手続（詳細は省略）

本制度においては、売渡請求手続の行使期間（会社法一七六条一項ただし書）、裁判所に対する売買価格の決定の申立て期間（会社法一七七条二項）が厳格に規定されている。行使期間内に売買価格の決定の申立てがないときは売渡し請求の効力を失うなど（会社法一七七条五項）、手続を進める上で、期間の制約には細心の注意を払う必要がある。

iv　株式の売渡請求制度の有用性

これまでは、一度分散した株式を経営者に再集中させようとする場合は、相対でその所有者から経営者が買い取るか、あるいは、会社がとりあえず任意に取得するかのいずれかの手法をとることが一般的であった。しかし、その株主が譲渡に応じなければ実際的には取得することができなかった。

本制度は、株式に相続制限を認め、売渡請求に強制力を与えることにより、この不都合を立法的に解決したのである。事業承継を円滑に進め、盤石な経営支配を企図する経営者にとっては、きわめて有用性の高い制度である。

V　株式売渡請求制度の認知度

中小企業庁が、過去二回(平成十八年と平成二十一年)実施した「中小企業における会社法の活用状況について」、および「中小企業の会計への取組み実態及び活用の効果等について」実態調査、および私が実施した調査によれば、本制度の認知度は予想以上に低く、ほとんど活用されていないのが現状である。

平成二十一年の実態調査による「相続人等に対する売渡請求制度の導入状況」を見ると、「導入済み」(五・三%)、「今後導入予定」(三・六%)、「周囲の状況を見て考える」(一五・二%)、という順である。理由も、「株式の保有者を限定したい」および「事業承継時の株式の分散を防止したい」の二肢に集中したことは、いずれもトラブルの未然防止のための導入であり、なんらかの「新規性や進歩性のある先進的な取組をするため」の導入ではなかった。

以上の結果は、私の実施した調査でも同様であった。東京都土木建築健康保険組合の会員企業、

（社）池袋労働基準協会の加入事業所、その他、取引の有無、業種に係わらず、日頃から付き合いのある中小企業の経営者（運輸、卸・小売、保険、不動産、宿泊、飲食、教育、サービス業等多岐にわたる）二十四社に尋ねてみた。

　結果は、当該制度を知っている企業は、百人以上の企業で二社、二十人以上の企業で二社、その他一社の合計五社で、全体の二〇・八％に過ぎなかった。ほとんどの企業は経営者自身が経営全般に注意が行き届いている間は、あえて検討する必要性に乏しく、時期尚早と考えているようである。

　会社法一七四条の法制化が中小企業経営者の長年の要請に応えたものであったとすると、この結果は意外である。しかし、制度設計の段階において、同じ中小企業経営者であっても、その属性は千差万別で、どのクラスの会社および経営者層（会社規模や業種、売上高、創業年数、経営者の年齢等）をターゲットにしたかによっては意外な結果とも言えない。

　制度の新設を求める経営者は押しなべて、革新的で、制度の導入に前向きで、本制度から享受できる利点を最大限に経営に活かそうとするであろう。ただし、その数は少数である。他方、制度の新設に消極的な経営者は押しなべて、変革を望まず、保守的であるから、導入においても周囲の状況を見定めて慎重に検討を重ねるであろう。その数は多数である。

　しかしながら、先の結果から本制度の有用性に疑念を抱き、事業承継効果を訝り、期待できない制度であると結論づけるのは短絡的であろう。たとえ少数でも関心と期待を寄せる中小企業経営者が存する以上、その啓蒙と普及を怠ってはならないからである。

vi　株式評価の特殊性と売買価格決定の困難性

会社法一七七条は、売買価格の決定続きについて定めている。売買価格は、会社と相続人等の協議によって決定するのが原則であり、協議が調わない場合に、裁判所に対して売買価格の申立てを行うことができる。中小企業の多くは、非公開会社であり、上場企業と異なり取引相場がないため、その客観的な交換価値の把握が困難という特殊性がある。会社法は「資産状態その他一切の事情を考慮しなければならない」と規定する（会社法一七七条三項）。その他、財産評価基本通達や経営承継円滑化法における非上場株式等評価のガイドラインなどが定められている。具体的評価方法としては、大別して原則的評価方式（類似業種比準方式又は純資産価額方式）と資本還元方式（収益還元方式、配当還元方式、キャッシュ・フロー還元方式）があり、単独で、あるいはそれらを併用した方式が用いられている。近時判例は漸次、資本還元方式にウエイトを置いた併用方式を採る傾向にあるように思われる。なかでも、東京地判平成七年四月二十七日や大阪高決平成元年三月二十八日は、譲渡制限株式の評価に貴重な示唆を与えるものである。

しかし、いかに算定方式が精緻に理論化されても、当事者間に納得のいく評価方法による株式評価でない限り売買価格の妥結点は見出し難く、円満解決は画餅に帰する。

そこで、この内在する問題を円満に解決する方法として、定款の積極的な活用を提言したい。すなわち定款に、将来的に発生が予想される株式に関する事項（株式の帰属、その株数や評価額等）を予め定めておくことである。なかでも、株式の評価方法を予め一義的かつ明確な基準として定めておくことができれば、当事者間の問題は大幅に縮減し、本制度の活用は、急速に普及するであろう。紛糾する原因の一つは、通常、評価が事後的に行われ、時間の経過とともに当事者の思惑が錯綜するからである。

中小企業（非公開会社）において、定款に定めた内容が、株主間においても契約的効力を有するかについては、会社における法律関係を、会社と株主間の関係としてとらえる立場（社団法理）からは否定的であるが、会社と株主間の関係を認めるとともに、株主相互間においても法律関係を認める準組合法理（quasi-partnership doctrine）の立場からは肯定されよう。全企業の九九・七％を占める中小企業の実態をみれば、株主間の紛争を処理するためには、どうしても株主相互間に契約関係が存在すること、すなわち民法上の組合に準じて会社の内部関係を処理することが妥当だからである。

平成十七年制定の会社法二九条は、定款で規定できる内容を、原則として自由とし、定款自治の許容範囲は大幅に拡大した。例えば、会社の内部関係を組合に準じて構成するなど、会社の実態に応じて、より柔軟な企業組織を選択することや、株式の評価や株式の評価方法を予め決めておくことも可能になった。それゆえに、契約的効力を株主相互間に認めることの意味は大きく、定款の活用は、経営支配権の争奪を巡る内部紛争を未然に防止する有効策となる。

vii　補償条項の有効性と有用性

定款の活用は、定款自治の許容範囲の拡大により、一層高まるものと思われるが、なかでもその活用が期待されているのが、補償条項の設定である。

補償条項を設定する理由は、主として次の二点である。第一の理由は、株式・持分の評価の困難性を回避するためである。株式・持分をどのように評価するかを予め決めておくことにより補償額の計算が簡単になり、評価手続きに要する時間を短縮することができるからである。第二の理由は、会社の蓄積利益が社外に流出する事態を防止して、会社経営の安定および維持を図るためである。会社の存続を保障する範囲において、退社員(株主)の利益を縮減することができるからである。

補償条項の有効性について、協同組合においては、その組合員の脱退と持分の払戻しについて、中小企業等協同組合法(中協法)第二〇条一項はじめ、各種協同組合法が、戦後の早い時期に制定され実務的に是認されてきた経緯がある。すなわち、脱退する組合員の利益と協同組合にとどまる組合員(ひいては協同組合自体)の利益を調和させる解決策として補償条項を規定する実務が定着しており、中小企業庁もその現実を認め、協同組合もそれを推奨してきた。このことにより、脱退する組合員に支払われるべき補償額を、残存組合員が耐え得る適切な範囲に縮減することができ、協同組合としての事業の継続を可能にしてきたのである。

合名会社および合資会社においても、学説は、持分の払戻し自体に関する規定は会社の内部関係の問題であるから、定款をもって持分の払戻しまたは支払に関する計算および実行の方法を任意に定めることができる、あるいは定款により持分の払戻しをしない旨を定めることができる、と解している。判例も、除名による退社の場合には、持分払戻請求権を失う旨の定款の定めを有効としている(東京高裁昭和四十年九月二十八日判決、下民集十六巻九号一四六五頁)。以上のことから敷衍すれば、今日では、非公開株式会社および特例有限会社においても、補償条項の有効性は許容されると解する。その理由は、これらの非公開会社の内部関係が人的会社のそれに極めて類似しているからである。

このような解釈は、団体の存続が危殆に瀕してまで個人の利益を優先することを是としない、わが国の国民感情に受け入れやすいものと思われる。

私見も、退社する者に払い戻す補償額が高額で、会社の経営が危殆に瀕してまで、それの履行を求めるのは、残存する社員の利益を不当に侵害するものであり、そのような履行請求は、権利濫用の法理の適用を受けるものと解する。俗に言う「ない袖は振れない」のである。そして、企業の存続は、雇用の確保や地域経済の活力維持等の社会的価値を生み出す社会政策的意味も内包していることを勘案すると、特定個人の権利が制限されてもやむを得ないものと考える。

事業承継において昔も今も、最も困難にして人間の本性を剥き出しにするのが、相続株式の帰属先と株数およびその評価額である。会社に好意的な相続人が所有した場合には、大きな混乱はないであろう。しかし、会社に敵愾心を燃やす非好意的な人が相続したときは最悪である。相続の開始は同時に、経営支配権を巡る熾烈な争いの合図となる。

補償条項は、事業承継の円滑化を実現する大きな推進力となり、併せて企業財務の健全性を維持するための強力な担保機能を有するものと言えよう。

viii　おわりに

円滑な事業承継の実現は、功なり名を遂げた経営者（とりわけ創業者）にとっては、人生の最終ステージに課せられた最後の大事業である。本制度は、その一助として立法化されたものであるが、その認知度は予想外に低く、中小企業経営者に十分に浸透していないのが現状である。積極的に活用されるための切り札が補償条項の設定である。予防法学的見地からも、情緒的・感情的な判断に陥ることなく、理性的・合理的な解決へと導くことが期待できるからである。

最後に、本制度の有用性を活かせるかどうかは、最終的には経営者の力量に委ねられるが、その成否は、経営を側面から支える弁護士、税理士などの専門家、企業の法務・総務部門の管理者の理解と協力に負うところが大きい。その役割と責任は重い。

②業界動向に関心をもつ

自身が属する業界の動向には注意が必要だ。旧態依然として変わらない、いや、変わりようがないと思っていた建設業が今、大きく変わろうとしている。人の労務が大半の産業が新しい担い手が不足するなか、否応なしに、生産性の向上と深化に取り組まざるを得なくなった。そして、新型コロナ禍でさらなる働き方改革を求められ、建設業界単独の進化のみでは足りず、他産業との協同による新しい価値の創造まで求められようとしている。

建設業に四十数年身をおく一人として、その動向に注視し、これからの進展に関心をもつことはとても大切なことだと思っている。

　以下、近年の建設業界における生産性向上への取り組みを中心に概観したいと思う。

　生産性の向上を目的としたＩＣＴ(Information and Communication Technology：情報通信技術)を活用する動きが本格的になってきた。国土交通省が推進する「アイ・コンストラクション：i-Construction」がそれである。熟練建築労働者が高齢化等で不足する建設現場が抱える問題点をＩＣＴの力を借りて克服し、生産性を向上させようとするものである。また、i-Constructionは、働き方改革と同じく、既成のテクノロジーや固定観念からの解放をめざすものであり、硬直化した思考に変革を求めるものである。

　i-Constructionは、調査・測量から設計、施工、検査、維持管理、更新に至るまで、すべての建設プロセスにＩＣＴを活用するもので、そのねらいは、建設や土木工事の現場の作業効率を向上させて省人化を進め、結果として建設現場の生産性を向上させようとするものである。これまで、建設分野では、一品受注生産、現地屋外生産、労働集約型生産という建設現場の特性からＩＣＴ化になじまないとされてきた。

　ところが、労働力不足が認識を一変させた。日本全体の生産年齢人口が減少するなか、数年後には団塊世代の熟練労働者の大量離職が見込まれる一方、建設産業離れの若者が増え、若手の補充が思うように進まず、その持続可能性に危惧を抱くようになった。日本建設業連合会のまとめた推計によると、二〇二五年度には、二〇一四年度の約六割まで減少するという。この目前に迫った超労働力不足を克服する方法は、生産性を向上させ、建設産業の魅力を伝え、若者が目を向けるような環境づくりが急務と考えたのである。

さらに i-Construction の推進の背景には、わが国のインターネット等を利用した情報通信技術の著しい進歩と普及率の高さがある。ＡＩ：Artificial Intelligence（人工知能）による分析や各種シミュレーションから最適な方法を選択することが可能であることや、IoT による情報のやり取りをすることでモノのデータ化（近年、設計データなど三次元データの活用が著しい）や自動化等により新たな付加価値を生み出すことが期待されるようになったからである。

国土交通省は、i-Construction の導入によりこれまでより少ない人数、少ない工事日数で建設現場の生産性を二〇二五年度までに二割アップをめざしている。例えば、土地の測量ではＵＡＶ（ドローン等）による三次元測量、施工ではＩＣＴ建機（作業ロボット等）による施工、検査では計測結果を書類で確認していたものを三次元データをパソコンで確認するなどによる検査日数・書類の削減などである。

さらに、国土交通省は、二〇一八年度を i-Constructioni の深化の年と位置づけ、積算基準の改定や IoT 技術等を活用した書類の簡素化を掲げている。

この他に i-Construction は、次の副次的効果をもめざしている。

・賃金水準の向上と安定的な仕事量の確保

・建設工事の効率化や施工時期の平準化等による安定した休暇の取得
・重機周りの作業や高所作業の減少等による安全性向上の実現
・女性や高齢者等（多様な人材）の活躍できる社会の実現
・若者に希望がもてる（「給与、休暇、希望」）新たな建築現場の実現

そして今後、求められているのがデジタル人材の育成である。単にデジタル機器やソフトを操作できるだけでは足りず、自社や顧客に最適な価値を提供できる人材、新たな価値を創造できる人材である。他産業と横断的に協同してデータを集め、そのなかから最適な解を求め実行に移す仕組み、ビジネスモデルを構築できる人材である。

令和三（二〇二一）年デジタル庁が新設され、ＤＸ（デジタルトランスフォーメーション）という言葉が生まれ、定着し加速化している。例えば、CraftBank（株）は、「施工力データベース」を独自に作り、職人不足をエリア／工種ごとに数値化、エリア別の請負相場、顧客対応の得意／不得意などの精緻な情報などを得ることで、迅速に工事会社の手配を可能にしている。その成果は一つのエリアにとどまらず全国規模に及び、必要な人材・職人を集めることを可能にしている。こうしたＤＸによる応用は今後ますます増えていくであろう。

③故きを温ねて新しきを知る

時代は廻る。近年レコードプレーヤーの発売数が増えているという。コンパクトで収容曲数も多

いＣＤが圧倒的に人気を博していると思っていた。レコードを収集し、レコードプレーヤーで音曲を楽しむ層は、懐古趣味の限られた一部の趣味人で、それも六十代後半の高齢者層だと思っていた。ところが、最近では若者層にも人気が出てきており、臨場感ある音質にこだわるならレコードプレーヤーで聴くに限るというのだから驚きだ。

　流行は波動のごとく高低を繰り返す。あるとき、服飾デザイナーに幅広のパンタロンが流行ったときに「この流行はいつまで続くんですかね」と尋ねると、「袴姿が一つの基準でしょう。正装はいわば完成スタイルで、美しいと思う極みですから、それ以上に広げることはしないでしょう」とのことだった。流行に乗り遅れまいとファッションを選びおしゃれを楽しんではいるが、暗黙のうちに古くからの慣行に縛られていると感じた。

「故きを温ねて新しきを知る」は、孔子の教えを弟子たちが書きとめた『論語』の一節である。孔子は紀元前五〇〇年前後を生きた春秋時代の中国の思想家で、論語は後の儒教という思想の基礎となっている。この書は多くの専門家によって現代風に解説されては出版を繰り返している。ビジネスパーソンの指南書にとどまらず、今もたくさんの人に支持されている名著である。

「故きを温ねて新しきを知る」は「温故知新」ともいう。「過去の事跡や先人の知恵に学んで、今を知るよすがにする」とか「歴史や古典などをよく研究し、新しい事柄や現実の問題を深く認識する」（ことわざを知る辞典）という意味である。中学生の時分、担任の国語の先生が、お茶の水女子大の国文科を出たこともあり、温故知新についても「子曰、温故而知新、可以為師矣」（故きを温ねて新しきを知れば以て師となるべし）と、普通の中学生よりは詳しく教わったものである。

さて、改めて私たちの日常に目をやると、実に多くのことが先人たちによって受け継がれ、そこで培われた考え方や様式や手続きに依拠していることがわかる（ここでは、国のめざす政治思想や主義［民主政治、専制政治、独裁政治］、経済［資本主義、社会主義、共産主義］や社会制度の成熟［福祉制度や所得保障制度の充実など］は、触れない）。

それは、古くより伝わる様式や手続きには完成された型（？）があり、そのまま踏襲することは、諍いや紛争も少なく、人とのコミュニケーションも円滑に行われ、経済コストも抑えられることなど、万事に省力化できる利点を有していた。

一方、ある者は、これらの旧態依然とした状況に満足できず、この旧弊から逃れるべく新しい価値の創造のために努力を重ねてきた。発明や考案、新ビジネスモデルの構築、近年のＤＸなどはそのよい例である。とりわけＤＸは、デジタル新時代の到来を告げる情報の多元的芸術品といっても過言ではない。

このように現実社会は、旧と新、新と旧が交互に繰り返され、その良さが改めて引き出される社会なのである。私の体験例は日常のごくつまらないものであるが、その裏には歴史の潮流を感じるものがあると思っている。

私の両親はともに明治生まれで、父は明治三十二年生まれ（一八九九年、十九世紀最後の年）、母は明治三十九年生まれ（一九〇六年）で、私は父が五十歳、母が四十三歳のときの子で、八人兄弟姉妹の末っ子として昭和二十四年に生まれた（一九四九年）。後に団塊世代と命名された出生数の一番多い年である。

同級生の多くは大正生まれの親を持ち、なかには昭和生まれの親を持つ同級生もいた。小学校の父兄参観日となれば和服姿の母の存在は、他の親たちを圧倒する存在感であった。

他方、明治生まれの両親を持ったことで、小学校も高学年の頃になると、同級生との生活様式との違いを知ることになりその違いに悩んだ。

そのいくつかを列挙する：（わが家／同級生宅）

・洗面器：赤銅製（重い）／プラスチック製（軽くて色鮮やか）
・音楽を聴く：蓄音機／ステレオ、プレーヤー
・洗濯：盥に水を入れ洗濯板を使う／電気洗濯機
・冷蔵：家の外の井戸桝（桶）で冷やす／電気冷蔵庫
・放送：ラジオ／テレビ

赤銅色の洗面器は、重くてそのうえ皮脂の汚れが付きやすく、色鮮やかなプラスチック製が羨ましかった。蓄音機は部屋の隅に置き目立たないようにしていた。洗濯板や井戸水の利用は、今なら自然にやさしい方法として省電の優等生であろう。テレビは昭和四十年の購入で数年の遅れがあった。当時は文化的ギャップと経済力のないことを呪ったものである。

今、令和の時代にレコードプレーヤーが新しい価値を付加して登場し、その愛用者が増えてきて

いることに正直驚いている。アナログの魅力は手を掛けるほどに(心理的に)音質が白身の脳を心地よく刺激することではないだろうか。そして、レトロなイメージが時の流れを緩やかにして至福の時を提供してくれる。

(4) 興ずることへのこだわり

私は、「趣味はなんですか?」と訊かれると答えに窮し、「わからない。というか趣味はないと思います」と、実に不適切であいまいな返事をしてしまう。読書も比較的するほうだし、一九五〇〜七〇年代のアメリカンポップスやカンツォーネを聴きながら日記を書いたりしている。その日記も五十数年に及ぶ私の偉業(?)であるから、いずれも趣味といえなくもないが、私自身の感覚の在り方だから、趣味と思ったことがない。ときどき審美眼を磨くという名目で美術館や博物館で書画を鑑賞することもあるが、これが高じて没頭したということもない。むしろ、会社の帰りがけにデパートの陶器売り場へ立ち寄り、季節の新作が出ていないかを確かめ、新作があれば、手に取ってその実用性と意匠の美しさを楽しんでいるというふうである。したがって、趣味というよりは、刹那的にあるものを楽しんで愉快に過ごすとか、おもしろがって熱中するというほうが、実態に合っているように思う。あえて「趣味へのこだわり」とせずに「興ずることへのこだわり」としたのは、こうした意味からである。

以下は、「私の興ずることへのこだわり」の一例であるが、四つ挙げてみた。タイトルだけを一瞥すれば、すべてが非日常的で、贅沢三昧している印象を受けるかもしれないが、それを可能にしているのが、「マイカーを持たない」という私の信条でありライフスタイルにある。

若い頃からマイカーを持っている同世代を羨ましく思ったことがない。また、車そのものに財産価値を重ねたことがないから、それがいかに高価で高級車といわれるものであっても驚嘆したことがない。息子が小学生の頃に「ほかの家はみんな車を持っているのにどうしてうちにはないの？」と訊かれたときが一番辛かった。本音をいえば子どもの友達関係にヒビが入るかもしれないと思ったからである。「マイカーを持たない」は信条であっても車の免許を持たないということではない。れっきとして普通自動車免許を持っているし、帰省するときには空港からレンタカーを借りて車の運転を楽しんでいる。

車を持つことによる利便性は計り知れないが、一方、車を持たないことの不便さはあるものの、そこから生まれる経済効果もまた計り知れないものがある。それが私の「興ずることへこだわり」を可能にしている大きな一因となっている。

そんなとき、今日（令和四年九月四日）、この二十年間で十代、二十代の若者の運転免許保有者数が六百五十万人も減少したというニュースが流れてきた。トラックの運転手をはじめとする物流ドライバーは将来的に致命的な人手不足に陥るだろうという。若者は「マイカーを持たない」どころか運転することさえ忌避するライフスタイルを求め始めたのである。

[1]外国旅行を楽しむ

外国は子どもの頃からのあこがれで、世界の街とそこに住む人々の暮らしぶりをこの目で実際に見てみたいと思ってきた。西洋かぶれの傾向があり、日本のものよりは西洋のもの、それも欧米の文化にあこがれてきた。

以下は、いくつか回った外国のなかから中欧旅行のときの記録である。「書くことへのこだわり」で日記を長年書いてきたことに触れたが、この記録はそのときの日記である。

▼旅の初日

旅はハプニングがあるほうが後々の回想にはおもしろい。それも度が過ぎない程度の。

平成二十三(二〇一一)年九月、私たち夫婦は、ハンガリー、オーストリア、チェコの中欧諸国の旅に出かけた。西欧でもなく東欧でもなく、なぜか魅了してやまない不思議な中欧へ。

しかしこの旅は、初日から想定外のできごとで始まった。成田空港を午前十一時五十分出発の予定が午後三時五十分発と大幅に遅れ、四時間以上空港で待たされる羽目になった。

当初、空港には、当日朝のリムジンバスを予定していたが、これから始まる長旅を考慮して空港近傍のホテルに前泊した。これまでにない余裕のある旅立ちのはずだった。

ところが翌日、小雨のなか、ホテルの送迎バスで空港に到着すると、搭乗するはずのエールフランス機が機材調整のために四時間出発が遅れるというアナウンスが流れていた。荷物を預かるチェックインカウンター前にはすでに長蛇の列ができており、預けるまでにたっぷり一時間は要した。

遅延のお詫びにミールクーポンが配られた。

私たちが搭乗するＡＳ３８０便（ＡＦ２７５）は、当時、世界でもまだ数えるほどしか就航していない最新機種の大型エアバスで（五三八人乗り）で、しゃれたデザイン・意匠は、魅力的でエールフランスの誇りともいえる主翼であった。

飛行機は午後三時過ぎに到着したが、ゲート搭乗は結局午後四時十五分をまわっていた。

パリ経由の飛行コースは、新潟方面から日本海に出て、ロシアのウラジオストクから北西に入りさらに西に横断するように飛んでいく。時間が四時間遅れたことで、パリに着くまでの大半は日没を追いかけるように飛行していった。ロシアの広大な平原を大きく蛇行して流れる川。太陽が容易に沈まない半白夜のなか、濃い赤とオレンジの二層からなる夕焼けは何百キロにも及び、壮大なパノラマを楽しむことができた。夜九時過ぎ、ようやくパリ、シャルル・ドゴール空港に到着。

当初ガイドの話では、乗り継ぎのブダペスト行きが待っているとのことであったが、さすがに我々だけのために大勢の乗客を待たすことはなく、到着するとすぐに空港近くのホテルが手配された。遅延による謝意ということでサンドイッチと飲み物が配られた。この夜パリの気温は摂氏十四度。東京成田を出るときの気温三十一度と比べると十七度も低い。小雨交じりのなか、ホテルまでの送迎バスを待つ。

こうした遅延の場合、航空会社が手配するホテルは一般に高級ホテルと聞いたことがあるが、案内されたのはビジネスホテルで、期待とは随分開きがあった。幸い空港から近かったので同日中に到着することができた。それが唯一の救い。こうしてケチのついた旅の初日がようやく終わった。

▼旅の二日目

飛行機の遅延は、翌日も続いた。パリからブダペスト行きの飛行機が約三十分遅れた。天気は晴れ。遅延の理由ははっきりしないが、こうした遅延はよくあることらしい。ガイドが、私たちに配慮して座席をハッチからすぐの席に変えてくれた。おかげで脚を前に伸ばして座ることができ、二時間の旅は快適なものになった。

フランスからハンガリーを横断するこのコースの眼下には延々と森や平原が続いている。そのなかをドナウ川が織り成しているのがわかる。のどかで平和な国であることを窺わせる。ブダペスト空港はまるで地方空港のように小さい。

ブダペストの街並みはきれいだ。ハンガリー動乱など苦難の歴史の傷跡がいまなお残る街並みであるが、中世を彷彿させる落ち着いた街だ。道行く若い男女は押しなべて美男美女である。癖のない純真な眼差しになぜか東洋を感じ、親しみを覚えるから不思議だ。

旅の楽しみの一つに、その国民の食生活を支えている青果市場や魚市場を見るのが好きで、ここでも、街の中心にある中央市場を訪ねてみた。全体に活気があり、西域の市場によく似ていて、ありとあらゆる食材が空間を有効に使ってところ狭しと並べられている。軒から吊るされているソーセージは多彩でダイナミックだし、肉類も生から加工されたものまで種類が豊富だ。野菜や果物のなかには日本では見たこともないものも多くそれだけで異国情趣を味わうには十分であった。

少し遅めの昼食を街のレストランでとった。料理には大きさの違うジャガイモ（直径一センチ程度のものから数センチにいたるまで、ばらばらである）が出てきた。日本では市場に出回ることがないものでも堂々たる主役である。調理も特別に工夫を凝らしているようではなく、オリーブ油で炒めたものや煮たものなどいたってシンプルだ。こうしたジャガイモ料理は、旅の最終地プラハまで、必ず供された。

夕食を城塞レストランで済ませると、ドナウ・クルーズに参加した。ライトアップされた両岸の王宮と国会議事堂には威厳があり、その華麗なる佇まいに感動した。

▼旅の三日目

昨夜からの雨が残っている。気温も上がらず体感温度も低い。この日は旧ハンガリー帝国の帝都として栄えたスロバキアのプラチスラバに入った。一九九三年にチェコと分離独立した国であるが、経済は芳しくなく国民の生活は豊かそうには見えない。プラチスラバの勤め人の平均月収は八百ユーロで、独立後、物価は一〇〇〇％も上昇したという。失業率は一三％と高く特に若者に失業者が多いという。観光業や飲食業に就いている人は恵まれているほうだと思うのだが、昼食で入ったドナウ河畔のレストランのウエイトレスは不愛想で、無造作に出された料理に、就業の喜びは伝わってこなかった。

プラチスラバ城の城門から見るドナウ川の対岸には整然と立ち並ぶ旧時代の高層住宅群がある。紺、朱、黄、緑という具合には色分けされている。ガイドによればエレベーターがないので昇り降りが大変らしい。実際、高層に住む老人や病弱者には過酷なまでの住環境で、荷の上げ下げできる設備があれば上等だという。

次に、断崖の上に立つデヴィーン城に入った。眼下にはドナウ川が勢いよく流れている。石炭運搬船が流れに抗してゆっくり上流に向かっていた。この地は、かつて圧制から自由を求めて対岸（二〇〇メートル程度）のオーストリアへ泳いで渡ろうとした市民が銃殺された場所だという。脱出を試みた人の多くは望み適わず、ドナウは血の色で染まり、その数は優に千人を超えたという。

ハンガリーとスロバキアの国境は、かつて東ベルリンから西ベルリンへ逃れる車列で渋滞したという。一九八九年ベルリンの壁崩壊の端緒となったルートである。現在、検問所は入国料金を徴収する場所となっている。国境といえば、スロバキアとオーストリア、オーストリアとチェコの間も兵隊が監視しているわけでもなく。知らされていなければ国境であることすら気づかない。国境近くの休憩所で正月用にTokaji Wein：糖度五を一本購入した。

雨もあがり、夕方、ウィーンに入った。整然とした石造りの街並みはまことに端正な中世の街を彷彿させた。私たちは、中心から少し離れたワイン居酒屋（ホイリゲ）で夕食をとった。この店は、世界の著名人も多数訪れる有名店らしく、壁一面、記念写真が飾られていた。

▼旅の四日目

ハプスブルク家の夏の離宮として有名なシェーンブルン宮殿を訪ねた。浅黄色で統一されたこの宮殿は、全体に端正は形をなし落ち着いた雰囲気の建造物である。オーストリアの歴史はこの家系を抜きに語ることはできないし、ウイーンの街並みが今も変わらぬ輝きを持ち続けているのは、その影響力が今も厳然としているからであろう。宮殿の中の装飾や絵画その他の宝物は、イタリア・フィレンツェのメディチ家の偉容さとは異なり、荘厳にして静謐な情趣を感じさせるものであった。

次にベルヴェデーレ宮殿を訪れた。ここに飾られているクリムトの『接吻』の絵はその濃艶さと男女の危うさが表現されていて、見る者を飽きさせない魅力、その世界へ誘引する怪しげな魅力がある作品だ。妻が今回の旅行の楽しみにしていた一つでもある。

さらに、この宮殿には、馬上のナポレオンの絵が飾られている。教科書や文献に必ずといっていいほど載っているなじみのある絵で、ヨーロッパの歴史を学び、ナポレオンを語るときに見逃せない逸品である。

移動の手段には、市街を縦横に走るトラムに乗車することにした。後に訪ねるチェコでもそうであったが、基本的には駅には駅員がいない。乗客がキヨスクやツアー案内所で切符を買い、乗車する際あるいは乗車後に車内の刻印機で刻印さえすればよいのである。区間や距離に関係なく料金は同一である。ただ、無刻印であることが検札でわかると法外の罰金が科される仕組みになっている。

午後のひととき、国立歌劇場の裏手にあるホテル・ザッハーで、コーヒーと「ザッハー・トルテ」(淡い苦味と酸味のコンビネーションが絶妙)で至福の時間を過ごす。

夜は軽く夕食を済ませた後、国立歌劇場でオペラを鑑賞することにした。この夜の演目は『ドン・ジョバンニ』。蹄鉄の形をした屋内は五層(?)から成る。正面一階の観客席にはドレスコードがあるせいか、皆正装している。フィルハーモニーが聴き慣れたメロディーを奏でる。指揮者が舞台の俳優に負けじと懸命にタクトを振る。この一生懸命さがまた観客を魅了する。観客には地元の市民も多いようで、老夫婦の姿も多く見かけた。オペラを肩肘はらずに普通に楽しめる文化がここにはある。おかげで私たちも本場のオペラの醍醐味を味わうことができた。

▼旅の五日目

チェスキークルムロフ。世界で一番美しい村落（町）としてその名を馳せる。ドナウ川の源流に近く川幅もわずかにしてゆるやかに流れる中州にできた町。お城と教会、それを取り巻く赤茶色のレンガ屋根の家並み。遠く緑の丘陵地が背景にあって町の色合いを一層際立たせる。とりわけ城砦回廊から見下ろす町全体の風景は一服の絵となる。世にこれほどに美しい町があったのか。中世から今日まで大きな戦禍にも遭わず時代を通り抜けたことは奇跡である。世界には紛争や飢餓の絶えない国や地域がある一方で、これと対極をなして、かぎりなく平和でのどかな世界を享受している地域もあるのだ。

人はなぜに繁栄を破壊してまで相手を打ちのめさなければならないのか。殺戮の歴史は不幸を生むだけだというのに幾度も同じ過ちを繰り返してきた。チェスキークルムロフが今なお豊かであるのは、この地方を治めた城主が知性と情愛をもって村民を崇めたからであろう。そんな城主を思い描いた。

今は、観光業で生計を立てるこの村は、長い冬に備えてみな忙しそうに立ち回っていた。妻が、広場へ向かう途中、指輪を並べてある宝石店を見つけたらしく、大ぶりの琥珀色の指輪を記念に買った。

この日の宿泊先はプラハである。チェスキークルムロフから一七八キロ、バスで約三時間のところにあるチェコ最大の都市。長いバス旅を心配していたが、車窓に広がる風景は列車とはまた赴きが異なり魅力あるものだ。

到着したときはすでに日も暮れかかっていたために、すぐに夕食のためにレストランに案内された。ビールの一人あたりの年間消費量が世界一という国柄である。われわれがドイツのビールと思っていたものの多くが実はチェコで製造されたものであることを知った。

「ビールを飲まずしてチェコを語ることなかれ！」

▼旅の六日目

プラハもまた、城砦と王宮と教会の街である、尖塔が百以上あるというので別名「百塔の街」ともいうのだそうだ。プラハ城。ドナウ河畔に立つこの居城はその美しさではブダペストの王宮に並ぶものがある。街にはいたる所に城門があり彫刻が施されている。ただ、どれもみな煤で汚れたように黒く変色している。教会の尖塔も黒ずんでいる。車の排気ガスによるものか、あるいは長い歴史のなかで汚れが染み着いたものなのか。

カレル橋は、左右に十五体の石像が欄干に立っているので有名である。日本人には馴染みのザビエル像があり、日本人観光客の多くがそれをバックに写真撮影していた。行き交う人もスラブ系、アラブ系、東南アジア系と多彩である。話す言語も英語、フランス語、スペイン語、アラビア語、ロシア語、中国語、という具合である。カレル橋から歩いて五分ほどの所に旧市街地広場があり、ここには中世の天文時計があって毎正時には、骸骨の姿の人形が時を知らせる紐を引く。最上階にトランペットを吹く別の人形が現れ時を告げる。吹き終わると広場にいた観衆が一斉に拍手してそれを称える。

▼旅の最終日

地下鉄のMuseum駅まで出て、チェコの画家、ミュシャ美術館を訪れた。屈辱と被支配の歴史のなかでチェコの文化の継承に生涯を捧げた画家、祖国に貢献した人物である。美術館自体はそれほど大きくないので小一時間ほど鑑賞して美術館を後にした。

次に、「プラハの春」の舞台となった「バァーツラフ広場」へ出た。一九六八年、共産主義からの自由を求めて民衆が立ち上がった場所である。広場は侵攻するソ連軍の戦車で埋め尽くされ、運動はあっけなく鎮圧されたという。将来を悲観した学生二名が焼身自殺をした場所には今も献花が絶えないという。

正午過ぎに食事をとり、ドナウ河畔のカレル橋に再び向かい対岸の宮殿を眺めた。日の光が暖かく、風もなくベンチに腰掛けていると心地よい。戻って旧市街広場にでるとファッションショウが開かれていて大勢の観光客が珍しそうに見ていた。

集合の午後六時にはまだ時間が十分にあったので、ホテル近くのレストランでカフェとティーを注文した。妻がアイスクリームを所望したので「アイスクリーム」と注文したつもりが「グリーン？　グリーン？」と聞き返す。イエスと答えたのがいけなかった。勝手に「グリーン」とはアイスクリームの別称かと思っていたが、ウエイトレスは「緑茶」であることを確認したのである。ドイツ語を習い始めた私は、後にウエイトレスには「eins green」（緑茶一つ）と聞こえたのだと都合よく解釈することにした。

午後六時、ホテルを経つ。空港までは三十分余。チェコ最大の空港とはいえ、こじんまりしているので、搭乗手続きも分かりやすい。残ったコロネ（チェコの通貨）を搭乗待ちの間に使い切ることにした。おかげで、お土産に菓子類が増えてしまった。

パリ、シャルル・ドゴール空港での搭乗手続きも順調に終え、二十三時三十五分、成田に向けて飛び立つ。エール・フランスの楽しみの一つは機内食である。ただ、美味しいフランス料理にはオーバーウエイトの危険性が付きまとう。控えめに食事を楽しんだはずなのに、少し太めの帰国となった。

〔2〕川柳を楽しむ

読書、旅行、音楽鑑賞、映画鑑賞、グルメ、観劇、スポーツ観戦など、一般には趣味といわれるものであるが、私にはどうもしっくりこない。いずれも仕事と関係なく純粋に楽しめるし、広く教養を高め美的感受性を涵養するにも役立つから、その動向にはいつも関心をいだいている。ただ、それが欠けたからといって、生活に潤いを失い、生きる望みがなくなるほどにのめり込んでいるわけではない。結局は、その関心は、表層的にその時々の好奇心から生まれる行為であり、娯楽程度にとどめることで満足しているだけだと思っている。だから、それぞれのことがらについて一見知っているようで、詳しくは何一つ知らないということになる。

例えば、読書、春に司馬遼太郎『草原の記』を読み、それを読み終えると、家内の書棚から面白そうな本を探しては読んでいる。心はモンゴル草原に遊んだと思っていたら、夏は『ガン回廊の朝』（柳田邦男）に会って重苦しい現実に引き戻される。乱読だから特にジャンルも決まっていない。いずれも四十数年以上前の作品である。気づけば最近、新刊書を手にしたことがない。

旅行、二月、如月、京都市観光協会主催の「京の冬の旅」に参加した。醍醐寺を観てはまもなく咲き出す枝垂れ桜やソメイヨシノや八重を想い、秀吉になった気分で池に向かって座す、また、襖絵の荘厳さにしばし魅せられて足を止める。案内の僧の解説に耳を傾け、その時は納得し感じ入るが、長く記憶に留まることはない。真言宗総本山の東寺では帝釈天半跏像など国宝に指定されている仏像に向かって、空海の悟りの境地を重ね想念するも心奥に響くこともなし。ただ眺めているだけの自分がそこにいる。

音楽、自宅では、一九五〇年代から七〇年代にかけて流行った聴き慣れたアメリカンポップスを毎日聴いている。それもＣＤやレコードではない。パソコンから抜き出したものである。音質が気にならなければ、これで十分楽しむことができる。アメリカンポップスに飽きると、日本の歌謡曲、演歌、抒情歌、旅情歌、フォークソング、ラテン音楽、カンツォーネ、フォルクローレ、シャンソンなど手当たり次第に聴く。そしてクラシックに戻りショパン、ブラームス、モーツァルトで気分を沈静する。滑稽なのは、最近では、最後に芸者・三浦布美子の「明治一代女」を聴き、一緒に口ずさみながら架空のお座敷を想像する。歌と歌との合間の科白には、昔の日本女性の〝女としての生き方〟真情が凝縮されていて色気さえ感じる。このような脈絡のない、でたらめな音楽鑑賞が私のスタイルである。

映画、西部劇が好きだった。しかし、近年映画館に足を運んだことがない。映画配信サービスを利用すれば、自宅でいとも簡単にその日の気分に応じて観たい映画を観ることができる。それもリラックスしながら、誰に遠慮することもなく。そして、趣向もいつしかスパイアクションものや古き良き時代の美人女優が出てくるロマンス映画、オードリー・ヘップバーン、カトリーヌ・ドヌーブ、イングリッド・バーグマン、ソフィア・ローレンなど、同じ映画を何度も観ている。これもただ懐かしい顔がそこにあるからである。

グルメ、日本人が豊かになった証拠の一つが、食へのグルメ指向である。高級レストランや料理店に足を運び、高級感を味わうことはそれだけで非日常であり、息抜きや気分転換になる。気の置けない人、好きな人との会話は料理の味を一層おいしくしてくれる。ただ、値が張るからしょっちゅうというわけにはいかない。そこで、私は、ときどき頂戴するカタログギフトにグルメ料理店やレストランが掲載されていると、迷うことなく、これまで入ったことのない店を選び、その店自慢の料理を楽しんでいる。物余りの現代、どこの家庭でも、おおよそ、ほしいものは揃っているから新たに物を増やす必要もない。むしろ、かつて文人たちが好んで利用した店があるとすると、口角泡を飛ばし、持論を交わしたであろう熱気を想像する。だからグルメは楽しみではあるが、その機会がないからといって失望することでもない。

観劇、古典芸能でいえば、能・狂言・文楽、人間浄瑠璃、歌舞伎、講談、落語など日本人になじみのある演劇がある。このうち、私が観たのは、歌舞伎と落語ぐらいのものでその他の演劇はその魅力を教えてくれる人がいなかったこともあり、無縁である。実際の舞台ではなくテレビでも放映されているが、それを自ら選局することもない。

例えば、歌舞伎であるが、六月、水無月、久しぶりに歌舞伎座で「六月大歌舞伎」を鑑賞した。予約時は『与話情浮名横櫛』であったが、公演直前に出演予定の役者がコロナに感染したということで急遽、演目と役者が変更になった。演目は有吉佐和子の『ふるあめりかに袖はぬらさじ』に、芸者お園を玉三郎が演じた。

歌舞伎は比較的楽しめるほうでこれまでも観てきたが、それでも二、三年に一度ぐらいである。それぐらいの頻度だから任侠ものであれ喜劇的人情ものであれ、演目の変更はなんの問題もないし、贔屓の役者や人気役者でなくてもまったく苦にならない。この日は、コロナ感染予防から客席には一席おきにテープが張られ、密にならないよう配慮されていていた分、かえってゆったりした気分で日本の古典芸能を楽しむことができた。

また、コロナ禍が叫ばれる前は、落語も好きで上野の鈴本演芸場や広小路亭、新宿の末廣亭にも出かけた。抱腹絶倒しながら結末のオチをどうつけるか楽しみして聴いた。ＮＨＫラジオ深夜便の寄席も寝ながらよく聴いていたが、なぜか最近はあまり聴く機会がなくなった。

能は、家内が一度国立能楽堂へ行こうと誘うが、腰が重い。ただ、宗教学者の紀野一義が『大悲風の如く』のなかで、「能の芸術ではシテが絶対権を持っており、一番大切な役であるというふうにいわれているが、わたしはそうは思わない。シテはワキに引っ張り出されてくる」「シテ（仕手）は素人が演ずることはあっても、ワキは常に専門家でなくてはならない。それくらい大事な役なのである。ワキはほとんど観客に背を向けている。……この、常に観客に背中を見られているということが大変なことなのである」「能に出てくる主役（シテ）はほとんどみな、人間の迷いを表現している。……この人間の業苦について語らしめるのがワキの力量である」「能は彼岸の芸術であるという」（一四二頁）。私はここに能の真髄を見たような気がして、近々、これを実際に舞台から鑑賞したいと思っている。

ミュージカルは、数年前にニューヨークのブロードウェイで観た「MAMMA MIA」が最初で最後である。「DANCING QUEEN」「HONEY HONEY」など日本でも聴き慣れているＡＢＢＡの楽曲が流れる。ロマンティック・コメディで、涙もろくなる場面もあるが終始笑いに包まれ、終幕には観客が立ち上がり拍手して謝意を表していた。しかし、ミュージカルは観ておもしろいが、日本人のミュージカルを観ようとは思わない。最初に本場のミュージカルを観たのがいけなかった。本物の熱気が伝わってこないような気がして引いてしまう。結局、ニューヨークへ旅したことの思い出にミュージカルを観ただけで、本来、好きだということではないということであろう。それは、ウィーンの国立歌劇場でオペラを鑑賞したのと通じるものがある。小さい時から勝手に描いていた欧米贔屓がそうさせるのであろう。

スポーツ、昭和四十年代頃までは、国民のスポーツといえば野球と相撲が主役だった。そこへ風穴を開けたのがサッカーでありラグビーである。世界陸上選手権大会とオリンピックが二年毎に交互に開催され、サッカーやラグビーのワールドカップが世界の注目を集めるようになると、国民の趣向も一気に広がりをみせるようになった。主婦がテニスラケットを自転車の籠に載せてコートへ走る、サラリーマン層がゴルフパックを背負い練習場に通う。少しリッチな気分を曝け出し優越感に浸る。そんなスタイルがトレンディになった。

私は、子ども時分から青森の土地柄相撲が好きだった。今でも大相撲のある月はテレビ観戦が待ち遠しく新番付表を見ては優勝力士を予想したりして始まる前から楽しんでいる。ただ、いつの日からか幕内の取り組みでさえ、最初から打ち止めまで通して観ることがなくなった。ただ、贔屓にしている力士の勝敗だけが気になり、帰宅するとすぐにパソコンで勝敗を確認し、その力士が勝っていればリプレイしその前後の取り組みも観るが、負けていれば観ないことさえある。贔屓するのは悪いことではないが、勝敗だけにこだわる我が姿には寂しいものさえ感じてしまう。力士の努力に水を差すようで情けない。

野球にしても同様の傾向がある。大リーグで活躍する日本人選手が、日本の野球をすっかりつまらないものにしてしまった。かつて、ファンだった高橋由伸が現役の頃は放映と同時に終わりまでテレビ観戦していたが、この数年、野球そのものを観ることもなくなった。エンゼルスの大谷翔平選手の活躍が目立ち、加えてさわやかな印象を与えるだけに、つい、そちらへ目が移ってしまう。これもまた寂しいかぎりである。

結局、こうした私にはなにが残るのか考えてみた。自分の特性、アイデンティティから自身を観察してみた。最初、「詩歌という文芸」であてはめてみたが、一般に詩歌といえば短歌や俳句を指すであろう。しかし、日常、自分の感じたこと、考えたことを三十一文字に表現するのは簡単ではない。また、俳句のほうが合いそうだと思っても、季語、切れ字、文語表現が苦手なうえに、四季や自然の描写を通して心象を表現するのも思った以上にむずかしい。自分の才能を鑑みると、かなりの壁がある。さらに洒落とユーモア感はどうか。多少は兼ね備えてある。しかし、ユーモアの感覚は、すぐれた知性と並進して発達するもので、そこには自己客観化がよくされていなければならない。自己矛盾の心理過程を別の自己が寛大に肯定するはたらきであり、しかも、敏捷に、瞬間に成立するものだから、鋭い知性が求められる。ブラックユーモアといって自分で悦にいるのは単なる皮肉であって、そこに知性はない。こうした自己分析の結果たどり着いた先が「川柳」である。

川柳は、季語や切れ字（「か」「けり」「や」）に制約されず、かつ口語表現でよいから、その型の自由さが性に合っていると思った。それに、日頃から世相や風俗、歴史、人事などを面白おかしく風刺するのは得意なほうだと思っていたし、新聞の川柳欄には結構目を通しては、（世界には同じような偏屈者がいるものだと感心しながら）苦笑していた。そこで、「皮肉で世相を斜めから見る癖」は、私の才能かもしれない。これを楽しまない手はないと考えるようになった。上手下手ではなく、むしろ、性に合っているかどうかが大事だと思うようになった。

ある時期、続けて各紙の川柳に応募したことがある。残念ながらどの撰者も関心を示してくれなかった。おかげで、それ以来投稿はきっぱり諦めたが気分はかえって爽快になり、気が軽くなった。他人に評価されたいというこだわりが消え、単純に楽しみのために楽しむという境地に至った。

ニセ修行僧石段掃いて嘆息す
うらを隠し表を見せて散る桜
静かさや汚してあわれガビチョウの声
手毬もち子に近寄れば疑われ
ルネッサンス静かに目覚むレコードと針
アナログの再生にかける鳩時計
殺さずも眠らせてみよ百年も
コロナにも好きな音楽あらまほし
笛太鼓集めて渡るアホウドリ

終着駅かける声なし一寝入り

酒飲みは割り勘上手鼻にかけ

気象庁も梅雨晴れの空見間違い

エスカレータ立ち止まって乗ればせかされる

守れないルール作れど罰もなし

クリニック元気でしたか元気です

高齢者七十五歳で篩かけ

金曜は家路を急ぐ缶ビール

旬と聞き予定を変えて小上がりへ

銘柄は飲み干すほどに意味もなし

青年と呼ばれて久し君の名は

顔馴染みいまさら名前聞くも野暮

冷凍品期限切れても君臨す

冷凍品俎上に乗るはいつの日か

ガリ版のインク染み入る西洋紙

「適当」の問いに苦しむ帰国子女

結局は、この程度のレベルを楽しんでいるのである。誰に害を加えるでもなく、まことに平和な老年書生のこだわりだと思う瞬間である。

〔3〕温泉・森林浴を楽しむ

隔週末を伊豆で過ごすようになって十年になる。初孫が生まれ、「田舎のある生活」を理想とする妻の意見に同調しての選択だった。

子どもたちが小さい頃、夏休みの一カ月間は、奈良県吉野郡下北山の祖母の家で過ごした。人口三千人ほどの山間の集落（今では千人を割ったと聞いている）で、周囲にはそのまま飲用できるほどにきれいな川が流れ、子どもたちは、親戚の子どもたちと一緒になって川で水遊びをしたり、集落の夏の行事（墓参りや盆踊り）や熊野の花火大会などに連れていってもらい夏を満喫していた。夏休みを終えて戻ってくると、のんびりとした暮らしがすっかり染みついたようで、「田舎の子みたい」と妻はよく言っていた。

祖母が夏休みの間、子どもたちの世話をしてくれたおかげで、私たち夫婦も子育てからつかの間とはいえ解放されたものである。そうした経験から、孫たちに田舎となる場所を探してそのよさを知ってもらいたいというのが妻の願望であった。

候補をいくつか訪ねてみた。地元の不動産屋さんからは、地域の特性や暮らし向き、集落の人たちの人情、自然環境、過去に大きな災害があったかどうか、名所旧跡など集落の歴史、行政サービスの種類やその内容について貴重な情報を得た。そのなかで印象的だったのは「集落の一員としてその地に根づいた生活を送るには、いろいろ集落の決まりごとや慣習、制約があるのでそれを受け入れる覚悟が要ります。それが嫌で、協同生活にあまり関わらない自由な生活を希望するなら、管理がしっかりした別荘地を選ぶのがよいと思います」との適切なアドバイスをいただいた。「制約は覚悟しています」は格好よく聞こえるが、私の性分に合わず、即、別荘地を求めることに決めた。

　昭和四十年代後半に開発分譲されたこの別荘地は、軽井沢や箱根と比較して安価なこともあり、サラリーマン層でも手に入るとあって人気だったようである。それから三十年以上も歳月が経つとかつての人気はなく、私たちでも取得できるまでになっていた。

　土地柄傾斜地が多く、わが庵も四隅に高低差があり、一番低い地点から一番高い地点までは石段にすると五十数段はある。庭には元々、自生して大きくなった山桜や合歓の木、椎の木など樹種も豊富である。平屋は、階段の昇降がないから高齢者には負担が少なく便利である。標高四百メートルを超えるから、夏でも涼しく、冬は相模湾の恩恵を受けてそんなに寒さを感じない。庭は、猪や鹿がしばしば徘徊してきては適当に荒らしていくが、これも、人里離れた山の生活を選んだ以上は想定内の覚悟である。

　広縁に胡坐をかいて庭を眺め座禅の真似事をする。しばし、無心な状態を楽しむ。早朝は野鳥が時間差で飛来してきては縄張りを誇示するようにひとしきり鳴いていく。一、二羽でくる場合もあれば、群れでくる場合もある。とりわけ桜の季節にはヒヨドリの群れが蜜を吸いにやってくる。昼には、庭の手入れをしているとイソヒヨドリがやってきてじっとこちらの作業を見ていることがある。群青色と茶のコントラストが美しい鳥で、「市の鳥」に指定されている。また、この数年前からはガビチョウがけたたましく鳴くようになった。留鳥なのか季節にかかわらず朝の静寂を破ってはその存在感を見せつけている。

　留守の間はヤモリがしっかり留守番役を務めるが、うっかり不用意に雨戸を開けるとポタっと上から落ちてくる。一瞬肝を冷やす。大きな蜘蛛が這い、ムカデも出るから用心だ。セミ時雨を聴いては夏の終わりを感じ、秋の気配を察する。

　石段には木々の葉や枝が落ちている。二週間の間にすっかり汚れて、行くたびごとに石段を掃く作業がある。修行僧になったつもりで働く。全段掃き終わるまでにはたっぷり一時間はかかる。猪や鹿に荒らされた花壇の木枠を元に戻し、草を引く。ハーブか雑草かわからないほどに伸びてくる。伸びた枝葉は剪定ばさみで整える。家の中は妻が掃除機をかけ、門扉や玄関まわりに散水し拭き終わる頃には正午を回っている。

　この山の中の仕事を苦難苦行というには誇張がある。苦あれば楽ありで、自然の恵みもある。春には梅が生り、妻は毎年季節になると梅酒と梅ジュースを作る。秋には山栗が生る。小粒だが茹でると美味であるが、この三、四年、ものの見事に中身を抜かれるという盗難にあっている。麓のスーパーに行けば、大粒で良質の栗が比較的安価に売られているのだが……その心根が悲しく、切なくなる。今年は沈丁花も一本、根こそぎ盗まれた。

無心に返る。心身ともに世間の芥から逃れ再生を図る。読書もいいし、音楽を聴くのもいいが、梢に触れる風の気配に通身爽利を覚え、自然の音に耳を傾けるのが一番だ。温泉に浸かり、地元の漁港に揚がった魚を肴にして好きな日本酒を傾ける。至福を味わえるこのひとときを神に感謝する。

［4］行きつけの店の料理を楽しむ

私は、囲碁、将棋、マージャンはやらない。というよりも囲碁とマージャンについてはルールすらわからない。将棋は子ども時分、大人たちが縁側や、軒先に長椅子を並べて指していたので多少ルールは知っている。ただ、父や兄たちが将棋をしなかったことや、上手な人の手ほどきを受けたこともなかったから簡単な定跡も知らない。同級生に誘われて盤に向かうがせいぜい四、五手先を読める程度だから勝負にならない。いつしか興味の対象から完全に抜けていた。マージャンは、学生時代、学費と生活費を稼ぐのに忙しくそれどころではなかった。そんな無趣味な学生時代に、社会人になって役立った経験がある。食への指向がそうである。

学生時代（昭和四十年代の中頃）、アルバイトの一つに、四谷にあった東條會舘の地下厨房での皿洗いがある。結婚式場としても人気があったので、土日や祭日など吉日には人手が足りず、友人から声をかけられ出かけた。アルバイト代は労働の割には（よく年少の社員に汚れが落ちていないと叱られている光景を目にしたものである）安かったが、田舎育ちの私には、結婚式で出された料理が手もつけずにそのまま厨房エレベーターで降りてくることが多く、「東京にはこんなにおいしい料理があるんだ」と純粋に感激し、その料理をいただく幸運に恵まれた。

社会人になって、飲む機会も増え、多くは会社近くの居酒屋か小料理屋で、特別のことでもなければ専門店や高級店に入ることはなかったが、店の〝美味しい・美味しくない〟の判定を、いつの間にか東條會館の結婚披露宴に出された料理と比較していた。これが後に行きつけの店を決める決め手になったのだから驚きだ。ただただ滑稽である。

私には、二十年来の行きつけの割烹料理店がある。会社から徒歩十分ほどの距離にあり、年に数回であるが利用している。先代が鮮魚店を営んでいたが、その後、鮮魚の仕入れを強みに割烹料理店に業態を変更している。女将さんは八十歳を超えてますます健康にして、毎夕、和服姿で客の対応に追われている。店の規模は、二階が四十～五十名の宴会ができる広さがあり、一階が小上がりとテーブル席とカウンター席を入れると二十名ほど収容できる広さである。私はもっぱら一階の小上がりかカウンター席を利用している。店との出会いはかつて創業社長が懇意にしていて、味の評判がよく、会社の忘年会などで何度か利用していたが、その時、幹事役を務めたのが縁である。

「割烹は鮮魚が命」、仕入れは決して他人任せにしないという。現在、厨房は女将さんのご子息が仕切っているが、なんといっても旬の魚と野菜を使った料理は豪華にして繊細だ。「ほかの店に比べたら値段は三割安いわよ。量も多いのが自慢なの」と女将さん。予約を入れると「今日は大きな岩ガキが入った」「ヒラメの刺身が美味しい」「めずらしく海鞘が入った」とか、必ずその日の一番のメニューを勧めてくれる。おかげで改めて注文することもなく、いつもお任せでお願いしてきた。

忌憚ない話に笑いが絶えない。行きつけの店をもつことは、女将さんが直接、席まで来てはその日の料理の説明をし、さらに数名で出かけたときは皆の前で「原田さん、原田さん」と呼び、贔屓の客であることを強調してくれることである。なぜか鼻高々な気分になるし、信頼が厚いことを私に代わって宣言してくれているようで気分は爽快である。

行きつけの店とは、単に多く利用しているから行きつけの店ではない。その店の店長と心のコミュニケーションがしっかり取れていることである。

ネットなどでは「行きつけの店の作り方」などハウツウが案内されているが、ハウツウをそのまま実践しても、多くはうまくいかないであろう。料理の美味しさを褒めたところで世辞の程度を越えて琴線に触れるとは思わないし記憶に残らないであろう。一番は、信頼おける古くからの客人に紹介されて氏素性を隠さず披露して、そのうえで〝知と血が通う会話〟ができるようになることが大事である。なにも知らずに、料理のことで蘊蓄を並べている客もいるが望ましいとは思わない。

なにごとも謙虚であることは料理をいただく立場であっても条理であろう。

第二章　こだわりを捨て現実と向き合う

第一章は、私のこだわりを四つに分けて書いた。「健康へのこだわり」「書くことへのこだわり」「学ぶことへのこだわり」及び「興ずることへのこだわり」がそれである。

これに対して本章は、こだわりを捨て不都合な現実に向き合うことにより、そのなかから再生の道・新しい道を歩もうという提言である。

「格差社会の現実と向き合う」で取り上げた学歴格差、所得格差、職業格差、男女格差は現実に存在する多くの格差のほんの一部である。これらの格差がないことが平等で公正な理想の世界ではあるが、自由経済主義を標榜するかぎり競争が生まれ、その実現はほぼ不可能である。こだわって生きることは、その道をきわめることにつながり素晴らしいことであるが、頑なにこだわれば周囲に軋轢が生まれ、窮屈なことも多く、卑屈になり、息苦しくなる。

「多様性社会の現実と向き合う」では、ＬＧＢＴＱとの共存、外国人との共存の二つをあげ、身近にある性的マイノリティの現実、外国人の参政権について考えた。

「欲に対するこだわりを捨てる」は、人間の持つ欲望の中から色欲、金銭欲、出世欲、名誉欲を取り上げ、これらの欲にこだわり過ぎると、思わぬ陥穽に足を取られ、晩節を汚すという警鐘である。

それなりに長く生きてくると、こうしたこだわりに縛られていたことが馬鹿馬鹿しく思えるようになる。そんな些事にはこだわらず、もっと楽に生きていけばいいのだが、それがなかなかできない。所詮、人間は、どんなにあがいても、あるがままにしか生きられず、なってくるままを生きるしかないのだから。その諦めもまた悟りの境地である。

（1）格差社会の現実と向き合う

人の世は、本人の思いとは裏腹に多くの矛盾と不条理に覆われている。そうしたなかにあってそれぞれは、自己にあった生き方を模索しながら生きていく。最適解を求めてみてもそれを実現できる人は限られていて、多くは、相対的な満足解で妥協していく。「平等や公正」は耳に心地よいが、こだわりすぎるとすべてに疑心暗鬼となって人間不信に陥る危険がある。なかには絶望の淵に瀕してこの世をはかなむ人もある。そんな窮屈なこだわりは捨ててみるといい。重しが取れて全身解放された爽快な気分になるのだから。

以下は、周囲に見る不平等と不公正のうちから四つの格差を取り上げ、そこから解放されることで再生されることの大切さを自身の体験と重ね合わせて述べたものである。

[1]学歴格差

ここでは、学歴が形成されていく過程、とりわけ進学するか否かの分岐にあって、どのような意思決定をしたか、大学進学を決めるまでの自身の体験を通して概説する。したがって、教育専門家が行うような学歴格差の要因を追究し問題点を指摘することが目的ではない。もちろん見解が重なる部分もあると思うが、それもデータに基づいた結論というよりは、主観的推論といったほうが正しいであろう。

自分の学歴を意識したのは、いつ頃からだろうか。人口数万の地方都市の農村部で育った私は、義務教育後の進路を真剣に考えたことがなかったような気がする。時代は、私が中学三年の年（昭和三十九年）に東京オリンピックが開催され、東海道新幹線が開通するという大きな国家プロジェクトが成功したこともあり、国民の経済成長への期待は高まり、教育への気運も高まりつつあった。「これからは最低でも高校ぐらいは出ておかないと世の中では通用しないとか、肩身の狭い思いをするとか、馬鹿にされる」といわれていた。

同級生は、一部（卒業後そのまま就職する者や家業を継ぐ者）を除けば、多くは地元の普通高校へ進学した。担任の先生も個別に進路指導をするまでもなかったように思う。

もっとも、何代も続く農家の子のなかには、地元から離れて農業高校へ進学する子もいた。本人が地元の普通高校を希望しても、親が農業高校への進学しか認めてくれなかったからである。親の言い分は「農業高校なら農業技術を学べるが、普通高校へ進学したら家業を継がなくなる」というものであった。また、裕福な家の子のなかには県内有数の大学進学校にわざわざ下宿までして進学した子もいたが、その数は極めて少数であった。

私はどうかというと、昭和三十九年に新設された地元の工業高校へ二期生として進学した。工業立国を標榜して国が中堅技術者の育成を積極的に推進した時代である。その結果、県の主要都市には国立高等専門学校（いわゆる「高専」）が、その他の中都市には工業高校（電気科、機械科、建築科を中心に）が創設されたのである。

高校の選択を普通高校にするか、職業高校にするかの悩みはあっても「高校」であることに変わりなく、学歴格差を意識するものでもなかった。多くは高校へ進学できただけで満たされたからである。とはいえ、勉強が苦手な子は、職業高校を選んだようだし、勉強のできる子は、大学進学をめざすか否かは別として普通高校を選んだように思う。適性をじっくり見定めることもなく、漠然と自分の将来像を描いていたように思う。親もまた高等教育の重要性はわかっていても、そのレベルには寛容だった。

私も、地元の工業高校・電気科へ進学したものの、卒業後はまったく異なる道を選択している。都会とは違い、田舎には周囲に自分の進路について相談に乗れる人が少なかった。自分の体験以上のことは指導できないから、仮に高校に行っていなければ高校へ進学することの意義を伝えることができない。ましてや、大学へ進学した人はまれであったから、なおさらである。学校の先生から聞く都会の生活にどれほどあこがれても大学への進学は、普通の家庭の子にはまだまだ夢物語であった。

担任の先生も、生徒の進路について気にはかけていても、今のように個別面談をして本人の意思を確かめることや、親を説得するまでには至らなかったように思う。家庭の事情を知れば、強く進学を勧めることもできないし、親が反対すれば抗することなく引き下がらざるをえなかったであろう。兄や姉がいて、大学へ進学している家庭であれば、弟や妹はそれを見て進路を決定することもできるが、それができるのは、医師や学校の先生、商店経営者などごく少数に限られていた。

そして、多くは、その境遇を悲観することなく、自分が選んだ道、あるいは親が勧める道を愚直に生きようと心に決めていく。そこには学歴格差という認識はなかった。

私の場合、世界の国々や都市をまわり、人々の暮らしや異文化に直接触れてみたいという強い思いから、上京して専門学校に入学した。旅行会社の添乗員になれば早く外国へ行けると考えたからである。しかし、入学してまもなく気づいたことは、クラスメートの半数が、本心は大学への進学を希望していたにもかかわらず、なんらかの理由で断念し、専門学校へ来ているという現実であった。私のように、そんな事情を知らずに入学した者には、新しい知識を学べる場であったが、その人たちにとっては、苦渋の選択の末の専門学校であり、大学へ進学した友との間にすでに学歴格差が生まれていたという認識である。

私はもともと、学歴格差は本人のいわば主観的感情であると考えていた。その学びの場が本人の満足のいくものであれば、それは、高校であれ、専門学校であれ、はたまた大学であれ、他人の関与すべき事柄ではないと思っていた。現に学歴とは関係なく、立身出世した人物は多数に上る。後に「経営の神様」の異名をとった松下幸之助氏は尋常小学校を四年で中退し丁稚奉公に出されているし、田中角栄氏は内閣総理大臣まで昇りつめた人物であるが、中央工学校土木科の出身である。時代背景が異なるといえばそれまでであるが、学歴格差はあってあたりまえと思っていたし、それは各自の問題であり、社会制度その他によって必然的に生まれくるものとは考えなかった。


東京の生活は、新聞販売店の住み込み苦学生からスタートした。おかげで学費と生活費の心配はなかった。しかし、まもなく本流からはずれたコースを歩み始めているような違和感を覚えた。販売店で働く同輩は、大学生か大学進学のために予備校に通っている浪人で、専門学校に通学しているのは、私とロシア語の専門学校へ通っている人の二人だけだった。予備校生の多くは、その春、すべり止めの大学には合格したものの第一志望校には不合格という（不運の）人で、来春に再起をかけて勉強している人たちであった。

そんな環境で毎日過ごしていた私が、クラスメートや予備校生の話に触発されないわけがない。添乗員になって外国へ行くという所期の目標が脆くも崩れた。初秋、河口湖へ一泊の合宿ゼミがあった。一人湖面を眺めていると突然、「今、ここで決めよ」と、心のなかでだれかの叫ぶ声がする。私の煮え切らない態度に決断を迫る声である。春に親から入学金や学費を苦しいなか出してもらい上京したのに、なんの結果も出さないうちに、早くも中退することは申し訳なく、逡巡して決めかねていたのである。

合宿ゼミから帰った翌日、「十月三十一日付けを以て辞めたい」と中退届を出すと、もう迷いはなかった。翌日から早速、受験勉強にとりかかった。当時、商業英語の先生で前職が三井物産のアメリカ支店に勤務されていた方がおり、私が、中退して来春大学受験したいと理由を告げると、「あと一年辛抱して予備校に通いなさい」と、私の将来を嘱望しての貴重なアドバイスをいただいた。だが、私には同年の人たちから二年遅れの大学進学は耐えられなかったし待ちきれなかった。焦りから将来を展望する余裕もなかった。

やがて、日本は高度経済成長期を迎え、「一億総中流」といわれるまでに国民の生活は豊かになった。生活が豊かになると、国民の教育への関心は一気に高まりを見せた。親は自分が受けることができなかった分、自分たちの生活を犠牲にしてまで子どもには良い学校へ進学させようと考えるようになった。

親の経済力、所得格差が教育格差を生み、学力格差となって、学歴格差へと連動していく。「東京は猫も杓子もみな大学へ行くんですね」といったら、いいすぎだと窘められたことがある。

今、日本の大学の数は八〇〇に迫る勢いである。いわゆる大学全入時代といわれて久しいが、この数は、イギリス、フランス、ドイツに比べ明らかに多い。イギリスは約一六〇校で九九％が公立であるし、フランスは約七〇校で一〇〇％が国立である。先進国のなかで日本についで人口の多いドイツでさえ約四〇〇校で州立が約七〇％である。これに比べ、日本は約八〇〇校で、内、国公立が二三％程度、残りの七七％程度が私立大学である。

また、日本の大学進学率でみても、この数年の普通科卒業生の大学・短大進学率は約六〇％、就職者の割合は約一〇％と推移している（文部科学省「学校基本統計」）。私が上京した昭和四十三年の進学率は約二三％であったのに比べると、日本の高等教育は、一気に格段の浸透を遂げたように思う。

その結果、今日では、特定の大学にこだわらなければ進学希望者全員が入学できるまでに受入れ事情は好転している。しかし、全入時代ということは、大学へ進学してなにを学ぶかという本来の大学の意義が希薄になっていないか危ぶまれる。単に社会へ出ることを遅らせ、青春を謳歌したいだけではないのか。いわゆるモラトリアム人間を作っているだけではないのか。大学で学ぶことの意義について真剣に自問したことがあるだろうか。親もまた、最終目標が良い大学に入学することであって、卒業後の子どもの将来について真剣に話し合い、認識を共有しているのだろうか、など、他人事ながら心配になる。

以前より、大学はそこで何を学ぶか明確な目的をもった人だけが進学できる場であればよいと思っていたので、全入できる収容力を用意する必要はないと思ってきた。

そして、その適性に応じて、職人の道をめざす者がいれば、その希望を叶え、それ相当の社会的評価を与え、国民からもその技が称賛されることが理想の社会だと思ってきた。

たとえば、ドイツを始め、オーストリア、ベルギー、スイスなどにみるマイスター制度が参考になる。「マイスター」とは、ドイツ語圏の高等職業能力資格認定制度のことで、技術力、開発力、経営学そして教育学を学び、試験に合格した人にのみ付与される社会的地位の高い称号である。ドイツには約一七〇のマイスター資格が存在し、入学には一年以上の実務経験が求められ、修了年数はフルタイムで二年間、パートタイムで三〜四年間である。マイスターは、次世代の育成にとても熱心で、研修生に対し〝やり方〟を実践で示し、作業の意義を説明する。研修生は、実務はマイスターから学び、理論は職業訓練学校で学ぶという仕組みになっている(wikipedia)。

こうした二重のフォローの仕組みがマイスターの技術水準を維持向上させ、社会からの評価も高まることに繋がっている。

日本でも平成二十五年度に若年技能者人材育成支援等事業において、ものづくりマイスター制度が創設されたが、その認知度はまだ低いように思う。(平成二十七年五月現在、建設業および製造業に該当する一一一職種が認定されている)。

それでは、大学数と大学進学率はどの程度が適正なのであろうか。もちろん、先進国と発展途上国との違いがあり一概にはいえないが、それにしても日本は突出しているように思う。持論は、大学数はドイツ並みにせいぜい四〇〇校、大学進学率はせいぜい三〇％程度が妥当ではないかと思う。

根拠その一は、すべての高校生が学業に関心が深いわけではないし、許されるなら卒業と同時に社会へ出たいという者も多いはずである。大学の数を減らして、豊富なカリキュラムをそろえた専門学校を増やしたほうがニーズに適うのではないかと思う。今後、少子高齢化がさらに加速すれば入学者は定員を割り、自然淘汰され減少していくことは必然であるが、その時は、大学の施設を有効活用して専門学校へ転換できれば（移行を円滑に進めるための法整備）社会資本の無駄にもならず好都合であろう。求められるは、単に数を増やすことではなく世界と将来を視野に入れた質の向上であろう。

根拠その二は、集団の力学から推測すると、集団の凝集力が高まりマネジメントがより機能するのは、少ない人数で意思決定が行われ、それが迅速に末端にまで展開していく集団である。それを可能にするのは管理者とスタッフのバランスであり、そのバランスは三対七程度が理想的である。大学進学率にあてはめると三〇％程度が妥当ということになる。

次に、教育の機会の平等の観点から見落としてはならないものに、二〇一五年に採択された持続可能な開発目標の目標４（ＳＤＧ４）がある。そこには「すべての人に包括的かつ公正な質の高い教育を確保し、生涯学習の機会を促進する」とうたわれている。加えて、経済協力開発機構（ＯＥＣＤ）は、教育の公正性を「社会経済的地位など本人の選べない条件によって結果が異ならないこと」と定義している。

この点についてであるが、私は、この目標は教育の貧困国にあって義務教育すら受けることできない人々が多い国にはそのままあてはまるとして、わが国の現状に照らした場合、日本は格差社会とはいっても絶対的貧困国とは誰も思わないし、相対的貧国者がいるという状況にあっても授業料の無償化などの施策もそれなりに用意されている。これらのことから勘案すると、この目標の達成を神経質にとらえる必要はないのではないか。しかし、識者の見解は「教育の機会の平等」には至っていないという。

今日、私が大学へ進学した五十年以上前とは違い、受験生に求められる能力は学力一辺倒ではなく、デジタルに通じていること、外国語は読み書き能力よりも聞き話す能力があること、さらにはだれとでもコミュニケーションできる能力があること、など多様な能力が求められるようになってきている。

大学への進学においても、他人の学歴指向にこだわることなく(全入時代であるからこそ)虚心坦懐にして自分の能力や特性を見定め進学するかどうかを決める新しい時代に入ったと思っている。

たしかに、社会経済的地位による教育格差は存在するし、それが最終学歴と正の相関関係があるというのも納得できる。しかし、仮に全員が「東大法学部出身」ではこの世の中は成り立たないし、これほど味気ないものはないであろう。野に咲く花が数えきれないほどに多種多様で、色彩豊かだから美しいのであり、仮にこの世に薔薇の花一種類しかなかったとしたら、なんと無味乾燥な光景であろうか。それと同じことである。他人との学歴格差にこだわることなく、自信をもって自分の学歴を肯定することが肝要であろう。いろいろな学歴の人がいてこそ社会は成り立つのであり、だから面白いのである。

　否、私は、いまこそ、学歴格差を意識したエリートの養成が大事だと思っている。

　世の中にはエリートと呼ばれる人たちがいる。エリートとは、社会の中で優秀とされる人やその集団をいい、わが国では「選良」「精鋭」などと呼ばれることがある。彼らは、それぞれの領域で政策決定の権限を独占しながら、各方面で利益を共有する利益共同体であり、「パワーエリート」である。

　各国は、独自の選抜方式およびエリート養成機関（あるいは名門大学）を有している。例えば、フランスでは、バカロレア合格後のパリ大学やモンペリエ大学、フランス国立行政学院（ＥＮＡ）など。イギリスでは、オックスフォード大学およびケンブリッジ大学、ロンドン・スクール・オブ・エコノミクス、ロイヤル・カレッジ・オブ・アートなど。ドイツでは、ギムナジウム修了→アビトゥーア合格後のハイデルベルク大学、フンボルト大学、ベルリン自由大学、ミュンヘン工科大学など。アメリカでは、いわゆるアイビー・リーグ（ハーバード大学、コロンビア大学、プリンストン大学など八つの私立大学）が政財界・学会・法曹界をリードする卒業生を数多く輩出している。

これに対して、わが国ではどうか。明治期以降、東京帝国大学をはじめとする帝国大学（→旧制高等学校→旧制中学校）が主流となり、現在でも、政財界、学会、法曹界、一流民間企業幹部などは、東京大学などのいわゆる一流大学卒業生で占められている。この構図は、それまでの家柄という自然的出生ではなく、どのような学歴を取得したかという社会的出生によってエリート層を能力主義化したことに意義があった。戦後の高度経済成長もこれらエリートによるところ大である。

しかし近年、エリートに対する風当たりが強い。大衆の立場から、ポピュリズムや平等主義を重視して「エリート」そのものの特権を許さない風潮がある。東大生の官僚離れも進んでいる。さらに、エリートであることを秘匿するのが美徳だと勘違いする向きもいる。これはむしろ学歴に見え隠れする驕りである。「受験優等生」による危機管理のなさは、国民無視につながり、無責任な官僚を輩出している。国は、国民の負託に応えうる有為な人材としてのエリートの養成に、堂々と、明言して取り組んでほしいと思っている。

[2] 所得格差

物心がついた頃に感じることの一つに、自分の家が金持ちなのかそれとも貧乏なのかということがある。それまで仲良く遊んでいた子の着ているものや持ち物が自分と違うことに気づく。親にそのわけを尋ねてもあいまいな返事が返ってくる。尋ねてはいけないことを尋ねたと気づき、重苦しい空気が流れる。そして、今まで一緒に遊んでいた子との間に距離をおくようになる。こうした貧富の差（所得格差）は、学歴格差や職業格差よりも先に感じる違いである。子どもながらに暮らしぶりが感覚的にわかるのである。

子どもの時分の昭和三十年代は、終戦から十年以上が経ち、ようやく日本の経済も復興に向けて歩み出した時代であるが、農村ということもあり、ほとんどの家庭は生活にゆとりのない暮らしぶりだった。日々の醤油や油に事欠き、隣に借りに行く光景も特別なものではなかった。着古しのだぶだぶの学生服を着て通学している子もいれば、垂れた鼻汁を袖で拭うので袖がテカテカした服を着ている子も珍しくなかった。乳飲み子を負んぶして通学している女の児もいた。授業中に泣き出したりするとその児も一緒に泣き出し、先生が教室の外へ一緒に出ていく場面もあった。春の田植え時や、秋の刈り入れ時には学校も臨時休校にして農家に配慮したほどであるから、各家庭の経済力には大きな違いはなかったように思う。総体的にみんなが貧しかった。

この貧困事情は、都市部と農村部、産業・業種や職業、あるいは世代間によって若干の違いはあるものの、大差はなかったと思う。したがって、そこから生まれる所得格差も社会構造や制度のしくみ、経済政策・社会政策等のせいにすることもなかったのではないかと推測する。

その後、昭和三十五年、池田勇人内閣の国民所得倍僧計画は国民に希望を与え、国民は明るい未来を信じて一層職務に精励していく。結果、昭和三十六年からの十年間に実質国民総生産を二十六兆円まで倍増させる目標も、なんなく計画以上の成果を遂げている。

昭和四十年代以降を振り返ってみると、高度経済成長期を経て、国民の所得は急激な上昇をみた。

「一億総中流」意識を持つようなると、他者との所得格差を云々するよりも自分の私生活の充実のために、それまでにない購買力を活かして新規の家電製品やマイカーの購入に走った。平和が続き諸外国（とりわけアジア諸国）と比較すれば、比較的平等で公正な社会が形成されてきたといえよう。

こうして日本の社会は一見、所得面では一定の水準を維持しながら発展してきたように見えるが、自由経済社会を掲げる以上は所得格差が生まれてくるのも当然で、富裕層が生まれる反面、貧困層も生まれてくる。

国民には、職業選択の自由が保障されているから、なんらかの規制がないかぎりどのような仕事にも就くことができるし、さらなる所得の増加を画策することも許される。先祖伝来の田畑に束縛され辛い労働を強いられていた農家の後継者が、農閑期に日雇い労働に出て現金収入を得ようとする者や兼業農家、起業して別事業に転出する例も見られた。

「機会は平等に与えられている」のだから、能力のある者は、さらなる高みをめざして新規の分野に挑戦していく姿は、日本全国に共通する現象であったと思われる。

また、限られた狭い国土である。「不動産の価格は必ず値上がりする」という土地神話も生まれ、土地を持っていれば絶対に安全で、それが財産形成に繋がるともてはやされた。「土地を持つ者」と「土地を持たない者」の間に認識のズレが生じたのも当然である。そして、あらゆる分野で規制緩和が促され、自由競争が進むと、いわゆる「勝ち組」と「負け組」に二分されていく。勝ち組は、時流を読むことに長け、それにむけて先行投資をさらに加速させる。高度な専門知識の必要性は高等教育の必要性を説き、国民は、中流も下流も、身の程を考えずに子息を大学進学へと駆り立てる。学歴で雇用機会に差が生まれ、それが新たな「所得格差」を生み出す苗床となる。

格差社会においては、それぞれの格差が、単独で成ることはなく、他の格差と直接間接に連鎖して形成されていく。所得格差もまた、前提に医療格差や職業格差や男女格差があり、それが教育格差、学歴格差に繋がり、再び循環して所得格差へと繋がっていく。

就労の形態も随分変わってきた。年功序列と終身雇用は今は昔、働き方改革も手伝って、会社との関わりも能力主義が中心となり、労働時間に束縛されない自由な勤務形態を望む社員も増えてきた。コロナ禍でのテレワークの普及はそうした自由な勤務形態の一端でもある。また、正規労働者、非正規労働者、契約社員、アルバイトなど社員の身分も多様になった。一方、若年層のなかにはフリーターやニートも生まれ、すべての人が働くことが当たり前とする価値観も変わってきた。こうした状況において、所得格差は、多くの人々に意識されるようになるのは当然といえば当然である。

所得格差の要因と問題点、それに対する解消のための政策や施策については、既に多くの専門家や研究者によって論じられているが、以下の持論は、あくまでも私自身の体験と、生き方の姿勢から感得したものであることに留意いただきたい。

世の中には金持ちもいれば貧乏人もいる。多くの階層が入り混じって生活しているのが現実世界である。私は、若い時分から、お金持ちを羨んだこともなければ貧乏人を卑下したこともなかった。人生は流転する回り舞台のようなもので、豪勢な暮らしぶりも一夜にして奈落の底へ転落することもあるし、思いがけないことが縁となって功に繋がることも見てきた。どちらの舞台に立っても喜べることが最終的には幸福に繋がると信じてきた。だから〝所得分配は平等かつ公正であるべきだ〟というこだわりは、一見社会政策的には理想であっても、私には、このこだわりから解放されて、どう自分の人生を構成（再生）するかが大事だと思ってきた。所得格差をただ嘆くだけでは負のスパイラルから抜け出すことはできない。自己責任を問うつもりはないが、自己に帰責することも事実である。

　社会保障制度がかつてないほどに整備された今の日本で、国民が困窮状態に陥るということは考えにくいことであるが、少数であるが生活保護受給者がいることも事実である。

　所得格差を否とする意見がある一方で、「富裕層が一層富めば、富の再分配機能が働き貧困層の生活も底上げされる」という所得格差を拡大する意見もある。

　傍論であるが、社会政策的に所得格差を解消する順序には二つあると考えている。例えば、浴槽（深さ七〇センチ）を水でいっぱいにしようとする際に、①浴槽を一切仕切らずに給水する場合、②浴槽を複数（仮に十に仕切る）に仕切って給水する場合、①が七〇センチまで満たされるには百分かかったとする。これは誰もが例外なく平等に徐々に豊かになっていく様相である。②では、一番目の仕切りが七〇センチまで満たされたら次の仕切りに給水し、それを繰り返し最後の十番目の仕切りに給水する。結果は、①も②も同じく百分かかるが、②では、一番目の仕切りが満たされる所要時間はわずか十分である。国民の十分の一の層（富裕層）が豊さを実感し、残りの十分の九がその格差を感じる様相である。国民が豊かさを実感するのはどちらであろうか。国情により異なるが、得てして、利益の享受の順序は少数の受益者から始まり徐々に末端へ移行していくのではないかと思っている。

ここで改めて「富裕層」の定義をみてみよう。

「富裕層」の定義は、調査機関によって若干ばらつきがあるが、概ね「一定以上の比較的大きな経済力や購買力を有する個人・世帯……」で、主な居住用不動産、収集品、消費財および耐久消費財を除き百万ドル以上（あるいは一億円以上）の純金融資産を所有する世帯と言えそうである（RBCウェルス・マネジメント、Wikipedia）。その基準によれば最も多い国はアメリカ（約四三五五万人）、二位に日本（約二四五万人）、三位にドイツ（約一一四万人）、四位に中国（約八九万人）と続いている。日本人が二位の結果には実感がなく違和感があるが……。野村総研の「富裕層」の定義は「一億円以上五億円未満」である。そして、五億円以上が「超富裕層」、五千万円以上一億円未満が「準富裕層」と分類されている。五千万円以上もっていればお金持ちの入り口に立ち、一億円以上でお金持ちということになる。世帯数で換算すれば全体の二％ぐらいが富裕層で、準富裕層まで入れて八％ぐらいである。

これらの基準とは別に、私はいわゆる「プチ・ブルジョワジー」を志向してきた。同世代の人に話すと一笑にふされたものであるが、ここでのプチ・ブルジョワジーは、本来的な、わずかな生産手段を私有する者というよりは、平均的サラリーマンの暮らしよりは一・二倍程度の良い暮らし向きを標榜する総称である。こうした指標は、日々の働きの上でも上昇志向を喚起し、生活にも張り合いを与えるもので有効であると思っている。

一方、幼少期から競争心を煽ることの善悪が取り沙汰されるようになり、運動会などでは〝全員一等賞〟とか〝賞なし〟が普通になってきた。公平性とか平等とか、競争心を抱くことが悪であるような極端な意見が多く聞かれるようになった。

しかし、仮に「競争」の「罪」を説き聞かされ、それを理解したとしても、現実社会には勝者と敗者が生まれる。この現実を甘受し諦観できる世代はせいぜい団塊世代あるいは昭和二十年代まではないかと考えている。団塊世代（昭和二十四年生まれ）の私には、競争社会は当たり前であったから、競争で勝つ者がいる一方で負ける者もいるわけで、安易な同情は無用と考えていた。破れて悔しければ歯を食いしばってでも生き抜かなければならない。自らが得意とする別の土俵で活躍することで活路を見出さなければならない。生存競争は熾烈である。体験的に同世代間（水平比較）の優越性は社会的、経済的に二〇％以上の差をもって実感すると思っている。これに対して、異世代間（垂直比較）では差異が顕著であったとしても意外と悔しさや失望感がなく、是認できるから不思議である。

最後に、以前より気になることの一つに、日本人のランキング好きがある。所得ランキングもその一つで、すぐに諸外国と比較して強調する。例えば、G7（アメリカ、ドイツ、カナダ、イギリス、フランス、イタリア、日本）の七カ国の二〇〇〇～二〇二〇年の二十年間の平均年収の推移をOECD（経済協力開発機構）のデータを元にグラフにすると、右肩上がりの国が多いなか、横ばいは日本だけである、また、OECD加盟国のなかの平均所得は十七位だったものが二十二位まで後退した、その上昇率も一位のアメリカが約二五％、韓国は約四四％も上昇しているのに、日本はわずか〇・四％の上昇にとどまっている、という具合である。

「先進国のなかで日本だけ労働者の給与が減少している」とか「衰退先進国に成り下がってしまった」とかいう意見を識者がいうと、巷間はこうした意見に敏感に反応する傾向がある。一部の専門家は円安・株高の流れが、長期的な賃金成長の横ばいを引き起こした要因だと分析している。その結果、「日本の国際市場競争力が後退し、労働者は国際的に見て貧しい立場に追い込まれた。賃金上昇が期待できない状況が長期化すれば、労働者の勤労意欲は低下する。賃金上昇が労働者のモチベーションアップに繋がる」と指摘する。

私は、経済のしくみには疎い分、物価が安いのであれば所得は上がらなくても国民の生活は困らないのではないかと考えてしまう。もっとも物価が安くなるほど労働者への負担（残業時間の増加等）が増すという意見もあるので、その兼ね合いは微妙である。また、最近の国税庁の民間給与実態調査によれば、日本人の年収の中央値は四三七万円とするデータがある。中央値であれ、平均値であれ、国民の豊かさの実感はそれに大きく影響するものではないと考えている。そもそも、世代間や地域間（とりわけ東京など主要都市と地方都市との間や、地方都市でも中心地と近郊の農村部の間、つまり都会と田舎）では必要とする生活費に違いがあり、仮に自給生活をする者は多少の所得の減少は豊かさの実感に影響を与えない。数値だけが一人歩きして、所得格差が顕著になっており日本の明日はないような論調を聞くことがあるが、国民の日常生活に不安を煽るだけだと思っている。

[3] 職業格差

職業はなにかと尋ねられると、「会社員」「公務員」「団体職員」「自由業」「自営業」など、結構、大雑把な括りで返事をしていることが多い。尋ねた相手も、さらに興味がある場合は「会社名は？」「何をしている会社ですか」とか、勤務先の役所名や所属団体を、自由業であれば弁護士、税理士等の士業を尋ね、自営業ならば提供するサービスや販売商品を尋ねることはあっても、それ以上深く聞くこともなく、互いに納得している場合が多い。

改めて、日本には何種類の職種があるかを調べると、厚生労働省所管の独立行政法人「労働政策研究・研修機構」の調査によると約一万七千種類以上あるという。これらの職種は、総務省の「日本標準職業分類」で、大分類、中分類、小分類に整然と分類されている。二〇一七年時点で大分類は、管理的職業、専門的・技術的職業、事務、販売、サービス職業、保安職業、農林漁業、生産工程、輸送・機械運転、建設・採掘、運搬・清掃・包装等および分類不能の十二分類から成り、さらに中分類七十四、小分類三二九と細分されている。

これらの職業別の就業者の合計は約六千五百万人であるが、隔世の感があるのは、農林漁業従事者が二一七万人（約三・三％）と少ないことである。多くは、事務、専門的・技術的職業、生産工程、サービス職業、販売についている。また、建設・採掘、輸送・機械運転、保安に関わる人数も少ない。全体に肉体労働を必要とする仕事は回避したいという思いが見え隠れしてくる。わが国の食料の自給率が低いのもこの従事者数で納得である。

私の父は旧国鉄に勤務していたが、物心がついた頃には農業を営んでいた。兄姉はサラリーマンの家庭で育ったといえるが、私にはその記憶がない。父は自分の職業を「百姓」と名乗っていたので、私も「百姓の倅」のほうがしっくりきていた。農作業は小学一年生頃から手伝い、中学生になると田畑の管理も少しではあるが任されるようになっていた。地元の高校を卒業するまでの約十年間の農業体験は後に意外なところで役立った。

昭和三十年代も後半になると、農業も機械化が進み重労働から徐々に解放される時代を迎えた。農作業のうち、稲の刈り入れも重労働であったが、田植え後の草取りが一番辛かった。それに比べれば畑仕事は随分楽だったように記憶している。疲れたら地べたに座り休憩できたからである。稲の収穫量は寒冷地ということもあり、せいぜい一反歩あたり六俵程度で、十反歩（一町歩）の所有では供出米だけでは生活が成り立たなかった。幸い前職の恩給制度があってどうにか生計は成り立っていたのであろう。だから、日常の暮らしが困窮していたということはなかったし、農作業が嫌になることはなかった。季節に応じた作業の予定や手順の確認などは学校の勉強とは違い、誇らしい気分にさせた。

職業格差と聞けば、江戸時代の身分制度「士農工商」制度を思い出す。この呼称(その順序)は、国の基幹産業は農業であり、米の収穫量は藩の経済そのものであったから、農民を鼓舞して生産量の増強に努めさせ、多くの年貢を納めさせるために考えた、職業格差を隠蔽するための美称であったと思っている。

職業格差とは、その明確な定義は見当たらないが、職業差別が特定の職業に向けられる差別意識を指すのと違い、社会的評価が含まれているように思われる。すなわち、職業差別が個人や集団の偏見に基づいて、特定の職業やその従事者に対して差別的な扱いをしたり、特定の職業やその従事者を軽侮することである(例▼被差別部落民、牛馬の屠殺や死体処理を行った者など、Wikipedia)が、職業格差という場合は、職業による年収の格差を中心に、その人気度など、全体としてどのような社会的評価を受けているかの世間からの評価の程度(格差)ということであろうか。

私は、職業には貴賤がないと体験的に感得している。それは父の農民(百姓)として働く姿を常に見てきたし、自分も上京するまでの約十年間、農作業の手伝いをしたことに依る。父は、日の出とともに起き、日の暮れるまで働く人だった。〝自然とともに生きる〟人生だった。晩酌以外はこれといって趣味のある人ではなかったが、実直に生きた人であった。その姿を見て、農業は国の基幹産業であると思ってきた。いかに工業技術が発達しても食の確保ができなければそれ以上の発展はないと信じてきた。したがって、農業に従事する人には、そのことだけで尊敬していた。重労働で収入は少ないという問題はあっても、自然とともに生きる（その職業を選択する）ことは素晴らしいと思ってきた。

今、農業は、従事者の高齢化にともない農業人口が減り、耕作放棄地が問題になっているが、新たに若い希望者が、最近のデジタル技術を活かして、農業管理のあり方を模索しながら成果を上げている事例も報告されるようになった。職業にも流行りすたりがある一方で、同じ職業であっても技術や工法の開発によって、従来とまったく異なる様相を呈することの証左である。人気度の低かった職業がなにかをきっかけに関心が高まることは職業格差の是正に弾みをつけるもので朗報だと思っている。

次に、学生時代に新聞販売店に住み込み、新聞配達した経験も大きい。朝の早い仕事であるが、衣食住が足りていたという状況もあったが、日本のニュース、世界のニュースを一早く届ける役目を担っているという誇りがあった。現在ならインターネットで世界のあらゆる情報を瞬時に入手できるが、それができなかった時代、新聞のもたらす情報は特に信頼性の高いものとして評価されていた。それだけに自負心が強かった。

どの職業を選択するかは、日本国憲法は「何人も、公共の福祉に反しない限り、居住、移転及び職業選択の自由を有する」（第二十二条第一項）と規定して、職業選択の自由を保障している。「職業選択の自由」は、自己の従事する職業を決定する自由を意味し、これには自己の選択した職業を遂行する自由、すなわち「営業の自由」も含まれるものと解されている。これにより、人は、能力、適性、財力、人脈などを総合的に判断して好きな職業を選択する。その結果は約一万七千種の職種に程よく振り分けられるのであるから不思議である。

このように、どの職業を選択するかは原則として自由であるが、現実には、専門性が高いために一定の資格が必要だったり、免許制が取られたりして制約がある。また、仕事内容が時代のニーズにあった人気度の高い職業で給与も高い場合は希望者も多く、全員がその希望を叶えることは不可能である。

年収での格差をみてみよう。厚生労働省『令和三年賃金構造基本統計調査』によると、会社員の想定年収は平均四八九万円、男性五四六万円、女性三八五万円である。平均値を超えるのは五三四職種、そのなかで最も平均年収が高いのが「医師」で一三七八万円である。以下「パイロット」一〇七二万円、「大学教授」一〇七二万円、「その他経営・金融。保険専門職業従事者」一〇二九万円と続いている。三十位までは専門性の高い職種が多く、資格が必要なものも多い傾向にある。

他方、エッセンシャルワーカーと呼ばれる人たちは、重労働とそれに見合った報酬にズレが大きいうえに、心ない人たちからの中傷や無神経なハラスメント（いわゆる「カスハラ」：カスタマーハラスメント）に泣く現状がある。支え合ってこその世界であるが、ともすれば今の優位さが永遠に続くと勘違いしている人のなんと多いことか、真に嘆かわしいことである。

職業にも流行りがあり、時代によって人気のある職業とそうでない職業があるようだ。先の厚生労働省の調査では、今後の需要の高まりが予想される職種として、「医療・福祉分野」が引き続き需要が高いという結果が出ている。その他、農林水産業や製造業、輸送機器など「ものづくり」も需要が増えると予想されている。また、人気度は、男女別、年齢別でも異なる傾向にある。男性は、警備員・建設作業者・ドライバーに対して年齢を重ねるにつれて忌避する傾向にある。女性も同様で年齢とともに建設作業者・清掃員の人気度は低下するが、いずれも六十代以上になると研究開発や教員に魅力を感じるようである。また、女性は一般事務・調理師の人気度が高く、屋内の仕事を好む傾向がある。

不人気の職種には危険、重労働、長時間労働という先入観があるようだが、この二〜三年の間の働き方改革は、安全性への配慮、生産性向上のためのＩＣＴの活用、残業時間の規制等で職場環境は大きく変化してきている。職業のミスマッチを予防するための方策が急がれる。因みに、私は中堅ゼネコンに四十数年勤めているが、大手ゼネコンと比較すれば、福利厚生面などで遅れている点も多いが、定年制や給与面での配慮など、中小ならではの柔軟性があり、働きやすい環境にある。会社を選ぶなら「優良な（優良となる可能性のある）中小企業を選べ」というのが持論である。将来設計が立てやすいのがなによりのメリットである。「優良となる可能性のある」とは、現在は零細企業であっても、自分の能力を惜しみなくに発揮して（経営者におんぶにだっこではなく）経営者とともに、みずからも成長の担い手であるという自覚のもとで会社の業績向上に努める、という意味である。そこには職業格差という認識(不満)は生まれてこない。かつては、一流大学を出て一流企業に就職する、寄らば大樹の陰が選択肢として理想とされた時代もあったが、今日では起業する人たちも増えてきているし、それを支援する行政メニューも豊富に揃っている。九九・七％が中小企業である現実を直視すれば、むしろ中小企業こそ自らの生存領域である。ただ、人によっては千人以上の組織が性に合っている人もいれば、十人前後がいいという人もいるので、社員数も職業を選択する際の目安の一つとして参考にされるのがよいと思っている。

最後に留意すべきは、親は子どもの職業選択に関して、関心は持ちつつも深入りしないということである。職業選択は往々にして親の希望と嘆きが、知らず知らずのうちに子どもを洗脳していることがある。例えば、代々続く家業ではその後継ぎを願い、あるいは「公務員になりなさい」「医師になりなさい」「研究者になりなさい」というように発言を繰り返す。

それは、子どもの成長よりも、むしろ、親の見栄やプライドであり、子どもの大きな可能性を矮小してしまう虞があるからである。

ランドセルなどを製造・販売する化学メーカーのクラレが二〇二二年春に小学校に入学する子どもとその親を対象に「将来就きたい職業」「就かせたい職業」を調査している。男の子は「警察官」「スポーツ選手」「消防、レスキュー隊」、女の子は「ケーキ屋・パン屋」「芸能人・歌手・モデル」「花屋」の順である。一方、男の子の親は「公務員」「会社員」「医師」、女の子の親は「看護師」「公務員」「医師」の順である。親の安全指向が目立つ結果になっている。子ども時分は、身近に仕事をしている人を見て、その職業に憧れるものである。

私は、台風などで停電すると、電力会社の社員が電柱に登り復旧作業をするのだが、雨風のなかでてきぱきと高所作業をしている姿を見て電気工事士に憧れたことがある。灯りが点くと思わず「格好いい！」と叫んだものである。

また、子どものなかには、高度な技を身につけた職人になりたいという子もいるであろう。そういう子どもには、専門学校や職業訓練学校へ進学させ、早くからその道のプロをめざすように理解を示し支援することが大事だと思っている。ドイツのマイスター制度にならって、日本でも厚生労働省は、平成二十五年度に若年技能者人材育成支援等事業において、ものづくりマイスター制度を創設した。その目的は、ものづくりマイスターによる若年技能者への実践的な実技指導により、効果的な技能の継承や後継者の育成を行うことである。現在、建設業および製造業に該当する職種百十一職種が対象となっている（平成二十七年五月現在）。ただ、国民の認知度は今一つである。広報に工夫が必要である。

私の住む川崎市には「かわさきマイスター」認定制度があり平成九年度から始まり、毎年十一月に認定・顕彰が行われている。過去三年間を見ても、切削工具研削、高圧配管溶接、人形師、洋裁技能士、造園技能士、プラスチック塗装、そば職人、洋菓子製造、塗装、タイル・焼瓦工事、写真師等、多彩である。

職業に貴賤はないが、その貴賤を感じないためにも、自分の仕事が、社会に役立っている、人々の暮らしに役立っていると、誇りを持つことである。すると、収入だけでは計れない満足感が生まれてくる。いろいろな職業の人がいて社会は成り立っていること、その人々への恩を忘れなければ、目の前に職業格差はあってもそれを格差と感ぜずにその職業に誇りを持って専念できると思う。

［4］男女格差

私は、数ある格差のなかで最も原初的で、人類の歴史が始まると同時に存在したのが男女格差だと思っている。上述の学歴格差、所得格差および職業格差は、人類が共同体を作り生存が可能となり、その維持が必要となった時、つまり、文化が生まれ文明が発達する過程で人間の闘争心・競争心が他者との差別化を求めるなかで生まれた格差だと思っている。そして、社会が複雑になればなるほど、自己の存在を優位にするために、所属社会・集団での高い地位の獲得や人々からの尊敬を集めるために「格差」「差別化」がより強く求められるようになった。男女格差が、共同体の生存と安全のために本能的にできた必然的格差だとすれば、その他の格差は人為的に、一部の支配者のために作られた格差といえよう。

人間の欲求を五段階に分けて説いたものに、マズローの欲求階層説　がある。これにあてはめれば、三番目の所属欲求・社会的欲求、四番目の尊敬欲求、五番目の自己実現欲求の段階で格差が生まれ、欲求が高くなるにつれて格差の種類も増していったといえよう。一方、男女格差は、人間の最も基本的欲求である生理的欲求・生存欲求と安全欲求を満たすために必然的に生まれた格差、本能的に人類が選んだ格差であるといえよう。

男女の間の身体能力は一般的には男性のほうが上回っている。走力、握力、跳力、さらに身長、体重に勝り、体躯もがっしりしている。有史以来、男性は、家族、共同体あるいは種族を守るために外敵・侵入者と闘ってきた。女性はこの男性の身体力の下で庇護されてきた。また、食料を確保のための狩猟は、時に遠征し、時に大型肉食獣とも戦う命がけの行為であるが、主に男性の役割であった。こうした、決定的な物理力を目の前にして、女性の存在が一歩後退して位置づけられたとしても不思議ではない。

こうして男性が前面に出て行動をしている間、女性は後方で子どもを育て、食事の世話をし、衣類を編み、男性が行動しやすい環境を整えてきた。そこでは、むしろ、女性の主導で日常は成り立っていたのかもしれない。家族、共同体が生存を維持していくための共同作業、作業分担が明確にされていたのではなかろうか。

その後、人類は農耕社会から工業化社会へと進展していくが、この男女の役割分担は大きく変わることなく踏襲されてきた。つまり、男は外に出て働き、女は内にいて育児などをして家庭を守るという役割である。

戦後教育を受けた私は、男女の関係について、学校で「これからは男女同権の世の中になります」と教わった。同級生の間でも「男女同権」という言葉が、真新しい印象をもっていろいろな場面で使われたように思う。クラスの委員を決める際には必ず女子生徒も何人か選ばれていた。しかし、今日のように「男女平等」に神経を尖らすことはなかった。

以下は、「男女格差は人類生存のための必然的格差だった」「男女は同権である」という視点で、今日の男女格差問題について考えてみたいと思う。

最初に取り上げるのは、「ジェンダー・ギャップ指数」の国別順位についてである。

「今月、世界経済フォーラムが発表した二〇二二年版の『ジェンダー・ギャップ指数』の国別順位では、日本は一四六カ国中一一六位で、先進七カ国（G7）でも、東南アジアを含むアジア太平洋地域の十九カ国中でも最下位だった。この指数は男女格差を数値化したもので、近年は、前年一二〇位、前々年一二一位と、低い順位の〝常連〟が定着。政府は改善に取り組んでいるとするが、歩みが遅い」（産経新聞、二〇二二年七月二十日朝刊）という記事が掲載された。男女が平等な状態を一〇〇％とした場合、日本の達成率は六五・〇％であったという。

指数は、政治・経済・教育・健康の四分野を分析し、算出する。政治では一三九位、経済では一二一位、教育では一位、健康では六三位である。これらの結果に対して、「国際的にあまり芳しくないという事実は受け止めるが、あくまでも指標の一つ」であるとし、男女共同参画を担当する内閣府の受け止め方は冷ややかなようであるが、私も同感である。順位だけを取り上げて、政府や男性に対する攻撃材料に活用するのはいかがなものか。「少子化対策をするには男女の賃金格差を是正するのが先、女性の管理職率を上げ、議員数を増やせ」と飛躍すると、「それは本当に日本女性が真に求めていることなのかどうか」疑ってしまう。

「政治分野」では、一三九位である。参議院選挙後の岸田内閣の閣僚十九人中、女性は二人である。フランスやカナダのように男女同数を実現している国もあるが、少数である。議席数にしても国連開発計画によれば、女性の議会での議席数は、アラブ諸国は一八・三%、東アジアと太平洋は二〇・三%、ヨーロッパと中央アジアは二一・二%、ラテンアメリカとカリブ海は三一%、南アジアは一七・一%、サハラ以南のアフリカは二三・五%である（wikipedia）。これに対して日本の国会議員に占める女性の割合は衆議院で九・九%であり、参議院では二五・八%である（令和四年七月十日、投開票された参院選の女性当選者は三十五人で過去最高となり、全当選者一二五人に占める割合は二八%であり、非改選を合わせると過去最高の六十四人となった）。

私の推理であるが、東アジアやアフリカ諸国が以前より議席率が高かったのは、イギリスやフランスの植民地であった国々は、宗主国の議会制度を真似たもので植民地主義の副産物ではないかと思っている。またラテン諸国にあっては、政治もまたカーニバルの様相を呈して国民全員がこぞって参加する一種の「お祭り」として女性の参加も違和感なく許されてきたのではないか。

今回の参院選の結果、女性の議席率は上がったが、一方、ＮＮＮが二〇二一年十月三十一日開票の第四十九回衆議院議員総選挙において「特に重視した政策」を出口調査したところ、「ジェンダー平等推進を最も重視する」と答えた割合は、十代は八・三％、二十代六・五％、三十代二・五％、四十代一・五％、七十代以上は〇・六％であったという結果が出ている。

日本においては、若い世代ほど、男女の機会均等や結果平等を学校で時間をかけて教育を受けてきたはずなのに、関心がきわめて低いのは、やはり、江戸の昔から日本人の深層にある儒教の教えが陰に陽に影響しており、「政治の世界は男の世界」とする暗黙の規律があるのではないだろうか。それが自身を幸福に導く最善の統治方法であると認めてきた歴史的背景にあるのではないかと思う。「男女は同権であるが、必ずしも男女平等でなければならない、ということを意味しない」とするのが私の考えである。すべてにおいて同数同量でなければならないとすれば、この世界は円滑に回らないであろう。第一ステップは「男女同権」であり、その進化した形が第二ステップの「男女平等」だと考えている。第一ステップから第二ステップへの道のりは国々の事情により異なるので、その移行は慎重でなければならない。現に日本は、皮肉にも第二次世界大戦敗戦後、ＧＨＱによる「日本の戦後改革」に「婦人解放」が盛り込まれ、女性の参政権が認められている。これが第一ステップの「男女同権」の達成であり、今回の参院選の結果は、一歩前進して第二ステップの「男女平等」へ近づいたということではないか。ただ、「同権」が「平等」に進むためには、なんらかの必然的かつ合理的な理由がなければならない。女性の議席率が高まればより国民の生活の質は向上するとか、弱者の救済に繋がるとか、経済の活性化に有効であるというような漠然とした理由では薄弱ではないかと思う。衆議院の議席率が依然として一桁にとどまっていることは、憂慮すべきことがらであるが、停滞にはそれなりの理由がありそうだ。したがって、参院選の結果のみを見て雀躍するには時期尚早である。その他、地方議会や学校、身近なコミュニティの会議体など、どの程度影響するかは予断を許さないところである。

例えば、「芸大・美大生は女性は七割、でも教授は逆転、表現の場のジェンダー格差」という問題提起がある(朝日新聞、二〇二二年八月二十四日朝刊)。

この見出しだけから判断すれば、「教授すること」と「学ぶこと、研究すること」では似て非なるものだから、教授が男性に偏っていてもなんら不自然には感じない。内容は、表現に携わる有志らで作る「表現の現場調査団」が文化芸術界のハラスメントについて調べた結果、その一因にジェンダーバランスの不均衡があると分析したのである。対象は美術、演劇、映画、文芸、音楽、デザイン、建築、写真、漫画の九分野の主要な賞や、表現を学ぶ教育機関などにおけるジェンダーバランスなどである。その結果は審査員の七七%、大賞受賞者の六六%が男性だったという指摘である。

思うに、これらの表現の分野で創作する者は、大賞受賞が創作の目的なのだろうか。自身がその創作により内面(心に湧出する喜怒哀楽や社会に対する批判や自然からの警鐘、自身の信仰による悟りなど)を表現することが主たる目的ならば、人からの評価、とりわけ審査員という肩書の人からの評価は無用であろう。後世に名を残した芸術家のなかには存命中はまったく無名の人もいる。制度や体制の不備を嘆く前に、自身の才能を磨くことが芸大・美大生の本務であろう。ともすれば、最近こうした事象を捉えて糾弾の具にする傾向が目立つが、私のように芸術に無能な者から見れば、今の世、表現の場はいくらでもあるのだから、有志の方々が独自に表現の場を設営して、自身の創作物を直接世に問いかけるのが良策で、それによって真価を問う。それでいいではないか。

次は、「経済分野」における指数の悪化である。経済の達成率は五六・四％で前年の六〇・四％から後退している。新型コロナウイルス禍で女性の労働参加や管理職の割合が減ったことが影響したという。企業の役員・管理職に占める割合は、令和四年版男女共同参画白書によれば、日本は一三％、海外では三〇％を超える国が多く、フィリピンが五〇％超、アメリカやスウェーデンは四〇％を超えている。

「海外事例を参考にしてある程度強制的に割合を均等にすれば、企業の体質は変わる」とする識者の意見もあるが、そもそも日本人には、女子労働を男子の補佐・補助とする先入観があり、そこから抜け出すには「働く」ことの意味づけを子ども時分から学校と家庭が一緒になって植え込まなければできない。現在の知識偏重教育では、不可能だと思っている。その良い例が、女性の職業では一般事務は圧倒的に人気の高い職業だということである。経営幹部や管理職になって重い責任を負わされるよりも、補佐・補助に甘んじること、同一価値同一賃金でなくても（同一職業内でも勤続年数や雇用形態（正規・非正規）で大きな格差はあるが）その境遇に満足しており、むしろ、自由であることを選ぶ女性が多いからである。

もちろん、これとは反対に高度専門職を希望する者も増えてはきているが、その数は非常に少ないのが実態である。例えば、大学の教員の女性割合は二五％前後であるのに対して外国では四〇％台が多いという状況である。さらに学長の女性割合は一三％にとどまっている。

私は、女性割合に拘泥するのではなく、活躍分野、研究分野は（思った以上に）男女で得意な分野に差があることから、そこへ能力を集中するための奨学金制度や期間限定の給与保障をすべきではないかと思っている。

経済分野における日本の指数が一三％という結果は確かに低いが、理想は二〇％程度が現実的にバランスがよいのではないかと思っている。そして、さらなる上昇を求めるならば、グローバル化を視野に入れた起業ムードを醸成することである。最近、若い層に現状に満足できず起業する人が増えてきている。開業資金融資など中小企業政策をより充実させて女性の起業を刺激する。この方が、既存の企業のなかで昇進や昇格への不満、性別を理由とした賃金の不平等を嘆くよりも、女性ならではの視点で商品開発や研究を行い、新しいサービスを提供できると思っている。結果、女性に対する雇用創出効果も生まれ、指数上昇に繋がるのではないかと思う。

次に、今回の調査で突出しているのが「教育分野」の一位（前年は九二位）である。この結果に対しては、男女で違いが出る高等教育（日本では大学）の就学率が反映されていないからであり、反映されたとすれば順位が下がるだろうと疑問視する指摘がある。私は、今回、高等教育の就学率を指数に反映させなかったことはそれなりに合理的な理由があってのことであろうと推測し、むしろ、義務教育がほぼ一〇〇％実施され、高等学校の進学率も同様であることの現実を評価すべきだと思う。近年の大学進学率の男女差は僅少であることから考えると、次回の調査で指数に反映されたとしてもさほど気にすることではないと思っている。「進学率一〇〇％をめざす」教育は、幻想であり、なにごとにおいても予定調和の世界においては「適度」な割合が大事だと考えるからである。最後に、「健康分野」については六三位であった。新型コロナウイルス禍において国民の衛生指向はきわめて高いと思っていただけに予想外の結果であった。

次に取り上げるのは「選択的夫婦別姓」についてである。

選択的夫婦別姓制度とは、結婚した男女が「同一の姓を名乗るか」「それぞれ別の姓を名乗るか」のどちらかを選択する制度である。現在の日本では夫婦別姓は法律で認められておらず、夫婦で同一の姓(夫又は妻の氏のいずれを称するかは夫婦の選択にゆだねている)を名乗る夫婦同姓が法律で定められている(民法七五〇条)。実際には妻の側が改氏する割合は九五％以上であり、これが女性の間接的な差別にあたり、男女平等に反するのではないかという主張があり、賛否が二分している。

また、一九七九年、国連で日本を含む一三〇カ国の賛成で「男女の同一の権利」と「女性に対する差別の根絶」を目的とした「女子差別撤廃条約」が採択された。このなかで日本の民法で定める夫婦同姓を「差別的な規定」と批判し、「本条約は締約国の国内法体制の一部であることから、本条約の規定に沿うように国内法を整備するという義務に基づくべき」(二〇〇九年)とするなど、法改正するよう繰り返し求めている(wikipedia)。

結論を先にいえば、「男女同権」から「男女平等」への移行期の論争であり、そう遠くない将来、選択的夫婦別姓制度は法制化されると考えている。ここで「男女同権」とは、「婚姻に際して夫又は妻の氏のいずれを称するかは夫婦の選択にゆだねる」がそれに相当し、「男女平等」が「選択的夫婦別姓制度」であると考えている。

私は、個人的には夫婦同姓が望ましいと考えているが、それは慣習化された主観的理由であって明確な根拠はない。現に、世界の国々において別姓を認める国が多く、それによって日本人が危惧するような不都合が生じているとは聞かない。

世界では、イギリス、イタリア、ドイツ、スウェーデン、ロシア、ブラジル、タイ、シンガポール、オーストラリアなど多くの国が選択的夫婦別姓を採用しているし、アメリカは州ごとに規定が異なるが、カリフォルニア州など多くの州が夫婦別姓を採用している。中国、韓国、ベトナムなどは歴史的に血縁を重視する傾向が強く、伝統的に夫婦別姓である。

思うに、現憲法が制定された昭和二十年代、今日のような少子化は想定できなかった。概ねどの家でも数人の子どもがいるのが普通であったから、代々続く姓が途絶えることは考えられなかった。男子の多い家ではその内の一人が婿養子となって外へ出ていったとしても残ったなかから誰かが代々の姓を継承するであろうし、また、女子の多い家ではその内の一人が婿養子を取れば、その家もまた、代々の姓を継ぐことができるので、家としては安泰であった。ところが、少子化により子どもの数が激減すると、一人っ子も珍しくなく、双方の家が代々の姓にこだわると、どちらかの姓が途絶えることになり、結婚する当事者以上に親や親戚が神経を尖らし、代々続く姓が途絶えることに異を唱えるようになった。

　夫婦別姓を認めるべきだという機運は、一九七〇年代に女性の社会進出が世界的に進んだことも背景にある。夫婦別姓を支持する者は、改氏による仕事上の不便（コミュニケーションが円滑に進まないなど）や暮らしの不便（パスポートや運転免許証の姓名は原則戸籍名で表記しなければならず、銀行口座や資格証明書も旧姓を使えないなど）、娘に家名を継がせたい、婚姻成立の要件として夫婦同氏を要件とすることは当事者の婚姻をするについての意思決定に対する不当な国家介入にあたる、などをその理由にあげる。一方で、姓は家族制度の根幹であるとして夫婦同姓を主張する者は、姓が同一であることは家族としての一体感を生む。別姓とすることで家族の絆が希薄になる、子が片親と氏が異なることへの心理的負担や社会の偏見などを受ける、職業活動を営む上での不利益は通称使用で解消できるなどをその理由にあげる。

　判例は、最高裁判所が二〇二一年六月二十三日大法廷決定において、夫婦同姓を定めた民法七五〇条の規定と、婚姻届に「夫婦が称する氏」を記載すると定めた戸籍法七四条一号の規定を「合憲」であると判断した。この判断は二〇一五年の最高裁大法廷判決の合憲判断に続く二度目の合憲判断である。概ね国民の意識を代弁したものである。反対意見のなかには、選択的夫婦別姓を導入することによって向上する国民の福利と減少する福利を比較衡量して、導入しないことは個人の尊厳をないがしろにする所為であり、国会の立法裁量の範囲を超えるほどに合理性を欠いているというのもある。日本弁護士連合会は反対を表明している。

このように、選択的夫婦別姓の是非については、国民の意識もさまざまで両者拮抗しているのが現状である。識者のなかには、夫婦別姓を望む本質的な理由は何かという点について、国民の間で議論が十分にされていないように思うとの意見もある。しかし私は、この是非は、伝統的とする旧来の家族観を優先するか、それとも一九七〇年代以降、女性の社会進出の増加に伴う社会経済的効率性の問題を優先するかの問題と受け止めている。むしろ、表立って議論はされていないだけで、すでに議論はつくされたといってもよいと思っている。

総選挙や参院選のたびに争点になるが、それは一過性のもので、継続して俎上に乗ることがないのはその証左であろう。

仮に、選択的夫婦別姓を認めたところで、実際その福利の恩恵に預かり、それまでの姓を名乗る人はどれほどいるのだろうか。そして、不都合ならば、元へ戻すという法改正があってもよいのではないか。思ったほど多くないというのが私の予想である。

それにしても「男女平等」にこだわれば、この世はまこと住みづらい。先日、第一生命池袋支店のＹさんが会社にお見えになった。これまで三十数年間人気が高かった「サラリーマン川柳」が「わたしの川柳」に名前が変わったという。聞けば、「サラリーマン」という名称が男女平等にそぐわないからだという。ただ、長年親しまれてきたので、「サラっと一句」と添えて社内では「サラ川」といっている、という。どこのどなたがこの名称にケチをつけたのであろうか。瑣事を針小棒大にして正義漢ぶっているのを見ると嘆かわしさを通り越して憐れさえ感じる。

近年は「サラリーウーマン」もいいづらいせいか、男女の給与所得者を包括して「ビジネスパーソン」と呼んでいるようだが、文書に記すときには使用しても、会話のなかではあまり聞いたことがない。ついでいえば、「レディーファースト」という言葉も死語になったようで、最近とんと聞かなくなった。騎士が女性を庇護し敬うマナーの一つと解していたが、「そうした気遣いは結構です」という女性陣からの独立宣言なのであろうか。

一時、学校の名簿の順が、「男子が先で女子が後」なのは男女平等に反するとして、男女混合にしたという話を聞いたことがある。なかには自家撞着に気づかずに「女子を先に男子を後」にしたという笑えない話もある。

これらのことで気に障るなら、歌謡曲のなかには、男女差別どころか、セクシャルハラスメントに相当する歌詞が何と多いことか、放送禁止にする運動でも起こしたらどうかと思う。一例を挙げれば、歌手奥村チヨの『恋の奴隷』。作詞なかにし礼、作曲鈴木邦彦（二〇〇五年発売）は「……悪い時は　どうぞぶってね　あなた好みの　あなた好みの　女になりたい」は過激な部類であるが、一見ソフトな印象を受けるが歌手菅原洋一の『今日でお別れ』。作詞なかにし礼、作曲宇井あきら（一九九二年発売）は、二番の歌詞にある「……曲がったネクタイなおさせてね　あなたの背広や身のまわりに　やさしく気を配る　胸はずむ仕事は　これからどなたがするのかしら」などは哀切なメロデーに今もファンが多いが、これだって我儘な男に従属する女の姿であろう。

「男女平等」に徹底的にこだわる人は、音楽や文学その他の芸術のなかに、不適切な表現がいかに多いかを検索して、それを糾弾の具にして無言の多数に問題提起したらいいと思う。その先の「人間失格」の烙印を恐れずに。

（2）多様性社会の現実と向き合う

多様性社会の現実と向き合うには、多様性を構成する属性について知識を得るだけでは足りず、身近な事象として理解し、具体的にそれを受け入れる、さらには、その有用性を積極的に活用して共存をはかる、ということが大事である。

多様性の属性は、限定的なものではなく、時代とともに変化していくと考えている。昨日までは、包括的範疇で理解されていたものが、さらなる細分化が求められた結果、ある日、新しい属性として追加される可能性があるからである。

多様性の属性は、生来的な属性と、後発的な属性の二つに分けることが可能である。生来的な属性は、自分の意思で変えることができない生来のもの、あるいは自分の意思で変えることが困難な属性である。一般的には、人種、民族、国籍、性別、年齢、障害の有無等が該当する。一方、後発的な属性は、自ら獲得した属性で、表面的には生来的な属性と同じに見えるが内面的には大きな違いがあり見落とされがちな属性である。一般的には、宗教、思想、信条、支持政党、学歴、職歴、組織上の役職、性的指向、性自認、働き方、収入、コミュニケーションのとり方、使用言語等が該当する。

「多様性」は、企業経営では「ダイバーシテイ」という言葉で表現され使われることが多い。「個人や集団の間に存在しているさまざまな違い」といった意味である。

私が初めてこの言葉に接したのは首都大学東京大学院でのゼミの席である。院生の多くは上場企業の社員ということもあって、こうした新しい言葉には個人も企業も敏感に反応していたようで、なにかと「ダイバーシテイ」という言葉が飛び交っていた。中小企業の私には無縁のこととして両者の言い分を聴いていた記憶がある。

終身雇用、年功序列を取る日本の企業独特の文化は、従業員や組織の「同質性」が高いほうが、全社が一丸になれると信じ、多様性よりも同質性を重視し活用する傾向が強かった。ところが、その後、ＩＴ技術の進歩や企業のグローバル化の必要性が高まったことで、国籍や人種を問わない優秀な人材の採用や育成が求められるようになった。また、生産年齢人口の減少から慢性的な人手不足に陥っている企業は多様性を容認した組織づくりが求められ、働き方にもワークライフバランスを選択する方向へ向かわざるを得なくなった。

以下、「ＬＧＢＴＱとの共存」では、どのような状態・状況に至ればこれらの問題が社会に普遍的に受け入れられたといえるのか、「外国人との共存」では、日本人と外国人の要求事項の違いに触れ、特に外国人からの要求事項といえる外国人参政権について考えてみたいと思う。

［1］LGBTQとの共存

ＬＧＢＴＱという言葉を知ったのは、この数年ぐらい前のことである。それまでもレズビアン（Lesbian：女性の同性愛者）とゲイ（Gay：男性の同性愛者）は、聞いて知っていた。そしてバイセクシャル（Bisexual：両性愛者）を知る。世の中には器用な人間もいるものだと驚いた記憶がある。トランスジェンダー（Transgender：こころの性とからだの性との不一致）では、善意の理解を逆手にとって悪用する不届きな者が現れると直感した。つまり、こころの性は女性だと偽って、女性用トイレの使用を強要したり、女性用風呂へ入浴しようという輩である。そこへQ：Questioning（性的指向や性自認がはっきりしていない、定まっていない、どちらかに決めたくないなど）が加わった。言葉はさらに進化してこの「Q」には、クィア（Queer：性的少数者を総称するときに使われる中立的な総称として、性的少数者自らが積極的に使う言葉になっている）も含まれるなどＬＧＢＴという言葉にも広がりが出てきた。私には、「L」「G」「B」はまだ理解できる。これは人の恋愛・性愛がどういう対象に向かうかを示す概念であるから、かつては異性愛（ヘテロセクシャル）に対して「変態」などと言われたくちである。

　これに対して「T」は、自分の性をどのように認識しているか、どのような性をアイデンティティ（性同一性）として、感覚的に捉えているかを示す概念で「こころの性」と呼ばれることもあるから、外見上はまったく区別ができない。最近でこそ、歌手や芸能人のなかには、「L」ではないが、「T」だとして女装する人もいるが、通常、誰がそうかを見出すことは難しく、本人からカミングアウトされなければ皆目わからない。

LGBTという言葉を知った時に、このアルファベットの順が気になった。通常、この種の名称をつけるときには数量の多い順に配列する。したがって、「L」は「G」を超えるほど多いのかと驚いた。私の固定観念からすれば「G」が「L」より多いと思っていた。いくつかの調査結果を見ると、概ね「G」二％前後、「L」一・五％前後で、「G」が多い。命名するなら「G」が先で「L」はその次になり「GLBT」が自然ではないか、それとも、命名した当時は「L」が「G」を超えていたのかもしれない、どうでもいいことのようで、天の邪鬼の私には不自然な命名に思えてならなかった。

ところで、日本におけるLGBTの割合はどれぐらいであろうか。その前に米国ギャラップ社の二〇二一年の調査によれば、アメリカ人の八六・七％が「自分は異性愛者またはストレートである」と答えており、七・六％が自分の性的指向に関する質問に答えていない。単純に残りの五・七％がLGBTということにはならないが、概ね十七人に一人の割合でいるということである。回答者は複数回答できることや、「Queer」など、異性愛でない別の嗜好や言葉を使っていることもあり、正確ではないが、調査は、米国の成人人口に占める割合に直すと「B」が三・一％、「G」が一・四％、「L」〇・七％、「T」が〇・六％になると結論づけている。

転じて、日本人のＬＧＢＴの割合であるが、カミングアウトすることをためらう日本人の傾向に配慮して米国よりも低い結果が出ると思っていた。ところが、電通ダイバーシティ・ラボが全国二十〜五十九歳、六万人を対象に行った「ＬＧＢＴ調査２０１８」によると八・九％という結果が出た。実に十一人に一人がＬＧＢＴということとなる。また、日本労働組合連合会が二〇一六年に実施したＬＧＢＴに関する意識調査（対象は二十〜五十九歳の働く男女千人で、全てインターネットでの調査）では十三人に一人がＬＧＢＴであることがわかった。さらに二〇一九年に「働き方と暮らしの多様性と共生」研究チームが大阪府の協力を得て行った調査でも八・二％で十三人に一人の割合となっている。米国以上に高い割合に正直ショックを受けた。

他方、名古屋市役所総務局総合調整部男女平等参画推進室が二〇一八年に行った調査では百人に一人の割合という結果もある。調査結果の差異は、年代、調査方法、調査対象、対象人数の違い、あるいは都会と地方の違いなどが原因と考えられるが、およそ八％がセクシャルマイノリティと考えてよさそうだ。この割合をあてはめれば、私の勤める会社にも十二名前後いることになり、各人の挙動がこれまで以上に気にかかるようになった。

最近、男女の顔の表情、形状に「男らしい精悍な顔」「女らしい優美な顔」が段々と消え、中性的な顔立ちの人が増えてきたように思う。美男美女の定義も時代とともに変わるのは当然としても、一言でいえば「中性的」になったなあと感じる。

ある調査によれば日本人のＬＧＢＴの認知度は、二〇一五年三七・六％、二〇一八年六八・五％、二〇二〇年八〇・一％というように近年、上昇しているという。最近の芸能人や有名人のカミングアウトが大きく影響していると思う。私の学生時代には新宿二丁目や新宿ゴールデン街で遊ぶといえばゲイバーを指していた。社会人になって他社の営業マンにつれられて一度行ったことがある。女装の麗人は、声音は濁声でももてなしは女性以上に心配りが上手で感心したものである。

ゲイの存在感を高めた人に東郷健がいる。祖父に衆議院議員、父に県会議員を持つこの人は、自らも国政選挙をはじめ東京都知事選挙など選挙という選挙に立候補しては落選を繰り返した。同性愛は、汚らわしい、病気、罪といわれた時代。「オカマの東郷健」は全国的に知れ渡り、今日でいえばＬＧＢＴの存在を知らしめた先駆者といえる。

二〇二二年七月、埼玉県でＬＧＢＴ条例が成立したというニュースが流れた。条例の内容は、性的指向または性自認を理由とする不当な差別的取り扱いをしてはならない。性的指向または性自認の表明に関して、強制、禁止してはならない。性的指向または性自認に関して、正当な理由なく、本人の意に反して秘密を明かしてはならない。県は性の多様性を尊重した社会づくりに関する施策を実施する、などである。一見、正鵠を射ているように見えるが、体は男性だが心は女性だから、女性のトイレを使用していいとか、女風呂にも入れるとなると、大勢の女性がその行為を善意に受け入れるであろうか。女性の権利侵害という新たな問題が生じる。トランスジェンダーが差別され揶揄されることはあってはならないが、多数の利益を保護することも重要である。無制限に本人の意識で性別の変更を認めることができるとなれば、これまで培われた「医療や統計、社会制度はめちゃくちゃになる。『性の無政府主義』だ。最後は崩壊せざるを得ないと思う」（滝本太郎弁護士）。私もこの意見に同感だ。多数が生理的に嫌悪することまで含まれるとは思えないし、社会的合意形成に至っていないと考える。

ならば、トランスジェンダーをはじめＬＧＢＴＱがいわゆる「共存」を得たといえるにはどのような状態・状況になることだろうか。

私の結論は、「Ｌ」と「Ｇ」については、人々の「同性愛者の性交等」への好奇心が消えた時だと思っている。つまり、異性愛者の性交は男性器と女性器の結合が原則である。その形態は多様であっても原則型は共通しているため体験的に理解できるが、同性愛者の「性交等」については皆目わからない。

古い書物を見ると、「Ｌ」では、江戸時代の大奥に見るように性具（肥後ずいきなど男性器の型）を相手の女性器に挿入したり、「Ｇ」では、肛門性交などが隠然と行われていたようであるが、関心をもちながらも改めて尋ねることすら憚られ、専ら妄想を掻き立てられるだけで、体験したことのないアブノーマルな異常な性戯の世界を想像してきた。

今日、同性愛者が社会に認知されるためには、性についてオープンに語り、性の悦楽は異性愛者のそれとなんら変わらないこと、つまり、「同性愛者の性交等」は異常でなく、異性愛者の性交等となんら変わらないことを理解させることであろう。カタカナ混じりの文語体の旧刑法が口語体の現刑法に改正され、「強姦」が「強制性交等」という文言に変わった時、その直接的表現に驚いた。しかし、同性愛者にも適用される条文だと解すれば、同性愛者の「性交等：性交、肛門性交又は口腔性交」（刑法一七七条）もより普遍的な事象として人々に認識されるであろう。妄想することなく社会全体が普通に受け入れる状態・状況に至った時が「共存」を得た時ではないかと思っている。「L」と「G」についての理解が深まれば、「B」「T」「Q」もその派生的なものとして意外と簡単に受け入れられるのではないかと思っている。

〔2〕外国人との共存

「外国人との共存」を図るには、日本人と外国人双方が抱く要求事項がある程度満たされることが必要だと思っている。

日本人が外国人に求めることの第一は、労働人口減少と労働人口構造の変化に対する補完的役割であろう。今、日本は人手不足の深刻化によって、企業は必要な従業員を確保できない状況に直面している。内閣府によれば、十五歳から六十四歳までのいわゆる生産年齢人口は、一九九五（平成七）年をピークに、二〇一五（平成二十七）年には当時に比べて約一千万人減少し、二〇五〇年には、約二千万人以上も減少すると予想されている。こうした慢性的人手不足の解消に、アジアや南米からの人材確保が求められているのである。とりわけ、日本人が避けたがる肉体的重労働や介護等エッセンシャルワーカーといわれる人材の不足が顕著になりつつある。

第二は、同じく人材の確保であるが、ＩＴ技術の進歩やグローバル企業の必要性が高まったことで、高度な専門知識を持った優秀な人材を獲得し、企業のグローバル化と日本の国際競争力を優位に導く役割である。国際競争の激化は、製造業のみならずさまざまな分野に、その規模を問わず波及しており、多様な価値観を持つ世界中の顧客ニーズに対応した商品開発やサービス提供が求められてきている。こうした世界市場をマーケティングするには日本人には限界があり、人種、民族、国籍を問わない優秀な人材の採用や育成が求められているのである。ダイバーシティ経営が求められる所以である。政府も、経済社会の活性化の観点から、高度の専門的知識または技術を有する外国人の就業を積極的に促進している。

　これらの要求事項を満たすためには、外国人に対してどのような施策が有効か。国あるいは地方自治体と企業が一丸となって働きやすい環境づくりを推進することであるが、その内容は時代とともに変化していく。もちろん、提供する労務や技術や専門知識に相当の報酬の提供が前提であるが、それ以外に求められるのは、ワークライフバランスの充実である。フレックス制や裁量労働制、テレワークなどのリモートワークを受け入れる柔軟性である。そして、育児休業や所定労働時間の短縮など家庭生活に配慮した労働条件の改善であろう。

　次は、外国人から日本への要求事項である。前述のように外国人の人材の採用と育成の面からはワークライフバランスの実現に向けた取り組みが奏功するが、長年日本に住み慣れてくると、国や地方自治体の政治の在り方や、行政サービスへ不満が出てくる。そのため自分たちの意見を表明する機会を求めるようになる。参政権が最たるもので、とりわけ国政や地方自治体の選挙における選挙権の付与を要求するようになる。以下、こうした状況を踏まえて、日本における外国人参政権について考えてみたい。

現在、在留外国人の数は、出入国在留管理庁によれば、令和三（二〇二一）年六月末時点で、約二八二万人（男性一三九万人、女性一四三万人）であり、国別では、多い順に（1）中国七四万五千人、（2）ベトナム四五万人、（3）韓国四一万六千人、（4）フィリピン二七万七千人、（5）ブラジル二〇万六千人……（8）米国五万三千人……となっている。新型コロナウイルス禍による影響か前年に比して六万三千人減少（二・二％）し、国別でもベトナムを除き〇・四％～四・二％減少している。都道府県別では、最も多いのは東京都の約五四万一千人、以下、愛知県二六万九千人、大阪府二五万人、神奈川県二三万人、埼玉県一九万八千人となり、前年比は埼玉県を除き減少している。

このように、日本に在留する外国人は前年比で若干減少しているものの、日本の人口の約二・三％を占めている。なかでも在留外国人の約二六％が中国人、約一五％が韓国人という状況である。中国とは尖閣諸島問題があり、接続水域への侵犯は日常的に行われるようになっているし、領海侵犯も（弱腰外交を見透かして）目立つようになってきた。韓国とは竹島の帰属問題のほかに徴用工問題がいまだ燻り続けている。両国との関係は政治的にはけっして良好関係とはいえない状況である。

　外国人参政権とは、その国の国籍を有しない外国人に付与される参政権を指す。参政権は、基本的人権の一つで、国民が政治に参加する権利。具体的には、選挙権、被選挙権、公務員となる権利、公務員を罷免する権利等がこれに属するが、選挙権がその代表的なものとされる。日本では日本国憲法第十五条に「公務員を選定し、及びこれを罷免することは、国民固有の権利である」と明記されていることから、日本国籍を有する成人には憲法上選挙権が保障されているが、外国人には参政権は認められていない。外国人が選挙権を取得するには日本に帰化し、日本国籍を取得することが必須となる。これが政府の見解である。

　世界の趨勢は、国情に応じてまちまちである。例えばＧ７における国政レベルでの選挙権及び被選挙権を認めているのは、イギリスが英連邦諸国に認めているだけである（ＥＵ加盟国には認めていない）。他のフランス、ドイツ、イタリアもＥＵ加盟国に対して認めていない。カナダは英連邦諸国にも認めていないし、アメリカ合衆国は全ての国に対し認めていない。地方レベルの選挙権及び被選挙権については、イギリス、フランス、ドイツ、イタリアはＥＵ加盟国には原則認めているが、イギリスのように要件のない国もあれば、フランスは、「六カ月以上の居住または五年以上直接地方税を納入している者」、ドイツは「州の参政権は対象外で、郡及び市町村のみ」、イタリアは「首長の被選挙権を除く」という要件を課している。カナダは英連邦諸国に選挙権のみ、それも特定の州で選挙人名簿に登録されており、六カ月以上居住している者」、英連邦諸国以外には選挙権も被選挙権も認めていない。アメリカ合衆国は市町村レベルで限定的に認めているところもあるが、認めていないのが原則である。

総体的にいえることは、外国人参政権付与は世界の流れではなく、北欧諸国、ＥＵ加盟国などごく限られた国々のみであり、それも国政レベルの参政権は原則として認めず、地方レベルで限定的に認めているというのが実情である。

最高裁は平成七年二月二十八日、「公務員を選定罷免する権利を保障した憲法十五条一項の規定は、権利の性質上日本国民のみをその対象とし、右規定による権利の保障は、わが国に在留する外国人には及ばないと解するのが相当である」として、参政権は国民固有の権利であり、在留外国人には付与されていないとの判決を下している。一方、判決理由中のいわゆる傍論部分において、「地方レベルの参政権については法律による付与は憲法上許容される」とした。この傍論の記述が、国政禁止、地方許容説に立つものとして地方参政権を認める側の主張の根拠となっている。なお、政府の見解は、一貫して国政及び地方参政権を在留外国人には認めていない。

地方参政権を認めるべきとする人たちは、その根拠を憲法第九十二条の「地方自治の本旨」に求める。すなわち、その中核は住民自治であり、住民自治とは、地域に密着して生活している住民が、その地域の問題や課題を住民自ら解決していくことである。憲法が「国民」でなく、あえて「住民」という言葉を使用していること、また、地方自治法第十条は「市町村の区域内に住所を有する者」を「住民」としており、「住民」を日本国籍保有者に限定していないことである。学説ではこの説が最も有力である。

以下は、私の意見である。結論は、地方参政権も認めない立場である。

（1）在留外国人に住民投票（選挙権）の機会を与えなければ、要望や意見の表明ができないという意見がある。積極的に要望等を取り上げる仕組みづくりは工夫次第である。市区町村に専門の窓口を設けるなど、常に意見や要望を受け付け、議会等で定期的に報告するようにすればよい。また、自治会の役員選挙などに積極的に立候補することは可能である。

（2）日本の参政権を得たいというのであれば、国籍法第四条において、「外国人は、帰化によって、日本の国籍を取得することができる」と規定しており、帰化するという選択肢によって意思を実現すればよい。

（3）北海道の一部が、外国人に買い占められているという噂が絶えない。ここに外国人の国籍国が意図的に移住を勧めると、合法的に当該地域の行政を混乱に陥れ、地方自治体の文化や生活習慣のみならず、国家の安全保障や教育問題にも大きく影響することになる。とりわけ島嶼のある小さな町村はその影響が大きく、強いては国家領土、主権の存亡に繋がりかねない危険性を内包している。

（4）心情的には、在留資格によって区分して一般永住者や特別永住者には認めたいところである。「在留外国人」二八〇万余人といっても、その内訳は、一般永住者が約三〇％、特別永住者が約十一%で、その多くは韓国や北朝鮮や中国の隣国人である。地域社会との関わりも、それ以外の人(技能実習、技術・人文知識・国際業務、留学等)と比べると深い。体験的には彼らは個人としては良心的で穏やかな性格の方が多い。しかし、集団で事にあたるときにはその団結力は強く別人のような行動をとることが多い。国民性かもしれないが、平常心では対応できないコミュニケーションの壁がある。それに尖閣諸島問題や竹島の帰属問題、徴用工問題などいまだ燻っているのも懸念材料である。

(5) 憲法の解釈問題として法的解決を図るのではなく、政治問題として政治的解決を図るのが妥当である。ヨーロッパ諸国が不法移民への不安から、これまでの寛容な態度を見直し入国制限に踏み切った背景には民族間の抗争が絶えなかったことがあげられる。将来の民族紛争の予防処置として有効である。

(6) 最高裁の傍論は、あくまでも傍論であり、なんら判例としての拘束力を持たない。

(7) 税金を払っているから付与すべきだという意見もあるが、税金は地域のさまざまな行政サービスに使われており、納税と参政権とは直截的には関係なく理由にならない。

(3) 欲に対するこだわりを捨てる

欲のない者はいない。小さい子から老人にいたるまで皆、欲を持って生きている。車がガソリンや電気で走るように、人も「意欲」がないと走れない。年老いて「無欲」の心境にあると告げる者も、一見、脱俗の心境を強く感受させられるが、まだまだこの世に未練がある風体が多い。私のような団塊世代は、競争時代に生まれ育ったせいか人生の勝ち負けを認めることに躊躇しないが、悔しさを跳ね返して終焉を迎えたいと思っている人も多いはずである。

欲は至当であればよい。ただ、欲は段階的に拡張していく傾向がある。当初の目標が達成して歓喜しても、それによる満足感は一瞬で、次の目標に向かって歩みだす。人は押しなべて貪欲である。「足るを知る」は道徳的で人倫に適うように見えるが、窮屈でそのままいると自家中毒を起こしてしまいそうになる。「強欲」はいけないが、自己の力量に見合った「ほどよい欲」は大事である。「人生とはなにか」と問われれば、「今ある姿」に凝縮された欲の選択の軌跡であるといえよう。大樹の強さと美しさは、溢れる意欲の結晶である。

人類の歴史は、個の欲の結晶の集積である。文化を創り、文明を開き、なおそれに満足することなく、今もこれからも高みを求めて欲は変容していく。

古来、欲は、人間の七つの大罪の一つとして戒められてきた。大罪は罪そのものよりも人間を罪に導く可能性があると見做されてきた欲望や感情のことをいう。六世紀後半は「高慢」がすべての悪の根源として、七つの大罪(虚栄、嫉妬、怒り、悲嘆、強欲、貪食、淫蕩)はそこから派生すると見られたし、十三世紀のトマス・アクィナス(一二二五年から一二七四年)は、その著作のなかで、枢要悪として虚栄、嫉妬、怠惰、憤怒、食欲、色欲、淫蕩の七つを挙げている。現在、「カトリック教会のカテキズムの要約」日本語版(二〇一〇年)では、傲慢、強欲、嫉妬、憤怒、色欲、暴食、怠惰の順に七つ列挙されてある(wikipedia)。

以下では、こうした大罪の中に見え隠れする四つの欲(色欲、金銭欲、出世欲、名誉欲)について卑近な例を引きながら考えたいと思う。とりわけ、色欲と金銭欲は年代に関係なく陥穽にはまることが多く、功成り名遂げた人が一瞬の迷いによって晩節を汚すことも珍しくない。今、社会はかつてのような寛容さを持ち合わせていない。それだけに、真相の如何に関わらず、嫌疑の段階で不名誉の烙印を押されて拡大していく。社会から断罪され社会的信用を失った者の末路は憐れである。賢者は、よく自制して、これらの欲に対するこだわりを捨てなければならない。捨てることで境地に至ることが肝要である。

[1]色欲

性的好奇心は年齢を問わずに起こり、発現の仕方もさまざまである。色欲は、人間の欲求の一つで性的な満足を得るための肉体的な欲望であり本能である。女に迷い、男に狂い色に耽けるのが「色欲」で、私は、「色」のなかに、人間の本能に訴えるほどの艶麗さを感じるとともに、「性欲」よりは文学的・哲学的なにおいがしてこの呼称のほうが好きだ。

前述の七つの大罪のなかでも「性欲」とせずに「色欲」とあるのは、種の保存という生殖から切り離された欲求、つまり、それ自体の快楽の追求という側面を有するからであろう。人類が人類であるが所以の本源的欲求である。

　この色欲は、それ自体はなんら罪悪視されるものではないが、文明文化の開発は、倫理の枠をはめ、一夫一婦制（世界には、イスラム教の一部国家のように一夫多妻制を認める国もある）を是とする価値観を作り上げた。日本の民法は「配偶者のある者は、重ねて婚姻することができない」（民法七三二条）と規定し、重婚を不適法な婚姻として取り消しうるものとする（民法七四四条）。同じく刑法は「配偶者のある者が重ねて婚姻したときは、二年以下の懲役に処する……」（刑法一八四条前段）と重婚罪を法定している。その保護法益は一夫一婦制であり、民法上の重婚の禁止を刑法において担保するものである。

　倫理的には両性は互いに尊重し合うことが理想的であるから一人への純潔が最善となる。そこでは多情は人倫に反することになる。しかし、人間が作った法律や規範は本能を駆逐するには至らない。色欲は青年期ほど強いからそれを抑制すること、自制することは、本能との間に葛藤を生み、その兼ね合いは微妙で定まらない。

　一般的に独身男性と独身女性が恋に落ち、婚姻に至れば世間はこれを祝福する。逆に、双方あるいはどちらかに既に交際相手や許婚がいる場合の交際は不誠実な交際に映る。仮にどちらへの恋愛感情も優劣つけがたく真情だとしても許されない交際となる。両者を天秤にかけて比較衡量することは狡猾で計算高く、品性を疑われ不評を買う。配偶者がいる場合は、それが周囲の耳目に触れることとなると「不倫」の烙印を押される。とりわけ著名人であればスキャンダルとして広く知れ渡ることになり、市井の好餌となる。インターネットやSNSは長期間に渡り、この不倫を微に入り細に渡って提供し、画面から容易に消え去ることがない。国によっては集団リンチや刑の執行となって生命の危険に晒されることすらある。不倫は命がけであり、「モテ男」を自慢する時代は去った。世間の温情を期待して（自分の行為だけは許されると勝手に判断して事にあたると）墓穴を掘る。

かつては、吉原はじめ遊郭があり、色欲の発露の場が公然と設けられていたから、男性は合法的に疑似不倫を楽しむことができた。しかし、今日では、遊郭はなく、戦後いわゆる赤線も消えた。色欲の発露の場を失った「野獣たち」は、無法地帯をさまよっているようなもので、性犯罪も起こるべくして起きている状況にある。キャバクラなど性産業もあるにはあるが、警察の取り締まりも厳しく、売春はもちろんのこと、疑似的性戯も制限されている。加えて、そこで働くキャバ嬢たちも、自己の意思でその業界に入ったにもかかわらず、昔の遊女のごとく「覚悟」を持たないから、自身の想定した以上の身体的接触は簡単に猥褻行為であるとか、セクハラであると断じ、被害者然として、恥も外聞もなく公言するまでになった。そこには昔のように男の我儘が通用しなくなり、遊びの行為に「許されるレベル」と「許されないレベル」が暗黙裡に引かれるようになった。そのレベルを見誤るとえらい目に会う。

それにしても近頃の著名人のスキャンダルは節操がない。同様の事件が後を絶たない。性懲りもなく、色欲の前に自制がきかない。どれほど世間をにぎわした事件でも、自分だけはそんなへまはしないと思っているし、訴えられた男が馬鹿だと思っている。

今年の筆頭は、パパ活問題で一躍有名になったＹ衆議院議員である。「週刊ポスト」が六月二十四日号で、Ｙ議員が十八歳の女子大生とパパ活飲酒をしたと報じた。パパ活とは、経済的に余裕のある男性と一緒の時間を過ごし対価として金銭を得る活動のことをいう。経済的援助をしてくれるパパのような存在のパトロンを探す活動という意味で、二〇一四年にＳＮＳを発端に広がった単語である。パトロンは昔からあったことで目新しくもなく、毫もニュース性がないと思うのだが、世間は執拗に追及して止まない。

この事件の真相を詳しく知る気はないが、議員は今年四十歳を迎えたばかりの色欲旺盛な男性である。片や、女子大生は十八歳である。行為の是非とパパ活が行きつく結末が「純潔」で貫かれるとでも思っていたのだろうか。そのイマジネーションの貧困さに情けなさを覚える。二〇一八年（平成三十年六月十三日）、成年年齢を二十歳から十八歳に引き下げること等を内容とする民法の一部を改正する法律が成立した。これに合わせて女性の婚姻開始年齢もそれまでの十六歳から十八歳に引き上げ、男女の婚姻開始年齢はともに十八歳に統一された。改正法は、令和四（二〇二二）年四月一日から施行されている。行動の是非弁別が十分に理解できる年齢であり、所帯をもつことも許されている年齢である（私の亡き母は明治の人であったが数え十九歳［満十八歳］で第一子を生んでいる）。騒ぎ立てるほどの社会問題なのか、私にはよくわからない。

「皆、聖人君子然であること」を期待しているとすれば、それは人間のどろどろとした現実世界をあまりにも知らないということになる。そもそも、件の女性が被害を受けたとは聞かない。仮に、被害を受けたのなら、正式に訴えれば足りること。「週刊ポスト」の調査力に敬意を表しながらも、もっと別の追及すべき大きな問題があるだろうというのが意見である。

次は、H衆議院議長の女性記者へのセクハラ発言の問題である。「週刊文春」五月二十六日号が暴露した。H議長は先のY議員の約二倍生きている人生の先輩である。色欲という魔物は年齢に関係なく顔を出す。

記事の概要は、深夜に女性記者に「うちに来て」などと誘ったとか、自民党女性職員のお尻を触ったというものである。本人は事実無根だと抗議し、訴訟も視野にしているようだが、遡ること五月十日、「自民党議員の政治資金パーティーに出席して『議長になっても、毎月もらう歳費は百万円しかない』と発言して物議を醸し、国民の心象形成もよくない状況でのセクハラ報道である。加えて、七月以降は統一教会の問題も重なり今や絶体絶命の窮地に立たされている。

H議長は、東大法学部卒、当選十一回、官房長官や党幹事長など要職を歴任され、昨年（二〇二一年）十一月に衆議院議長に就任された政界の重鎮である。立場上、内外の情報が多方面から集まる。その中には特定の者にしか知らされていない秘密情報も多いはずである。これらのなかから記者がその臭覚により特ダネをつかむことができれば、記者冥利に尽きる達成感を味わうことができる。したがって、議長からお呼びがかかれば、それが深夜であろうと遠隔地であろうと駆けつけるのが記者魂であろう。今風のラインでの応答などじれったく、生の情報を直接聞き出すことでニュースの価値も上がるというものである。

この問題については件の女性記者からなんらかの責任を追及しているとは聞かない。さらに擁護すれば、議長が育った少年から青年時代、この程度の言辞や身体的接触は許容の範囲内で、そこら辺に転がっている「エロ爺」で済まされた類である。夜中の呼び出しも誘いも、〝思いついたら即実行〟は、できる仕事人に共通する性向で、時間を気にしていては仕事が逃げていった。

記者が情報に興味があれば行けばよいし、興味がなければお断りすればいい。夜討ち朝駆けの世界である。それぐらいの危険性は重々承知の上での取引と認識しているからこそ、「セクハラだ」と声を大にして世にその不行跡を問うこともしなかったのであろう。第一、誰がこの老年優等生のセクハラに興味を持つのか私にはわからない。

次は、梨園の御曹司、歌舞伎役者のＫである。一般社会の常識とかけ離れた特殊な社会としての歌舞伎俳優の社会に生まれ育った人である。

二〇二二年八月二十四日、「週刊新潮」は、彼が三年前の二〇一九年七月、銀座の高級クラブにおいて、ホステスに性加害行為を加えＰＴＳＤを発症させていたと報じた。被害を受けたホステスは、翌年「Ｋの暴走を止められなかった」という理由でクラブのママを相手に損害賠償の請求訴訟を起こしたというものである。Ｋは、報道された内容の事実を認め謝罪したが、時すでに遅く、厳しい社会的制裁を受けることになった。トヨタ自動車はテレビＣＭの放送を打ち切り、アリナミン製薬がプロモーション契約の満了を発表、ＴＢＳは朝の報道番組「THE TIME」からの降板を発表、ＮＨＫは会長自ら定例会見で「あってはならないこと」と遺憾の意を表明した。各社は、社会の反応に敏感に対応して自社の利益(イメージ)を守った。一方、彼の受けた損失はあまりにも大きく現在復帰の目途がたっていない。収入源を断たれただけではなく、今後、損害賠償へ発展する可能性もあるだけに、「許さないレベル」に踏み入ったつけは大きい。いよいよ命運も尽きたという心境であろう。

孤独と疎外感からストレスに負け、酒に溺れたということではないだろうか。原因はともあれ寂しい色欲の結末である。

最後は、NHKエグゼクティブ・アナウンサーAの局内不倫である。本原稿の見直しに入った矢先に飛び込んできたスキャンダルニュースである。KといいAといい、五十代半ばの円熟味を帯びた世代である。活躍する姿に言い寄る女性も少なからずいるであろう。本源的欲求を自制することの難しさは推測できても、世間の下す「倫理」の判断は厳しい。今は死語になったのであろうか、少なくとも私が入社した昭和五十年代には、「既婚の男性は社内物件(女性)には絶対手を出すな」と先輩に教わったものである。これまでに蓄積したすべての資源が崩壊していく。無情を悟るにはまだ早い年齢であろう。「天網恢恢疎にして漏らさず」である。

[2]金銭欲

人間の本能を悩ます色欲の次は、金銭欲である。金銭欲は物を所有したいという物欲と表裏をなすもので、生きていくためには必要な欲望といえる。金銭欲の芽生えは、「自我発現の季節といえる数え四歳～六歳頃」（『岡潔集』第四巻、九〇頁）ではないかと思う。例えば、おもちゃが欲しいと思った時に、お金で買えることを知ると、お金が自分の物欲を満たしてくれるものだと体験的に学習する。そして、この体験的知得は生涯に及ぶ。

だれもが持っているこの金銭欲は、人によって強弱があり、度を超さなければ、自身の生活に潤いを与え豊かな人生を約束してくれる。また、仕事へのモチベーションを高め、業績向上に寄与し、周囲からも高い評価を得ることになる。しかし、度が過ぎて執着心が強いと、守銭奴とか吝嗇家といわれて皆から疎まれる。

一般に、お金に執着心の強い人には以下のような傾向がある（思いつくままに列挙）。

・目先の損得だけを考えて、自分に得にならないことには興味を示さない。
・貯蓄額が増えていくのが楽しみで毎日預金通帳（それに代わるもの）を眺めている。
・趣味が貯蓄で、それ以外の趣味は持たない。
・人付き合い悪く、他人からの食事や遊びの誘いにも慎重で、金のかかることは避ける。
・なにかを買う時には必ず他の商品・サービスと価格比較をして最安値を選択する。
・仕事人で残業も休日出勤も厭わない（残業手当、休日出勤手当）。
・無駄な出費を防ぐために日度、月度で出費の管理をしている。
・投資に関心がある。
・知人・友人との金銭の貸し借りにもシビアでしっかり契約書を取り交わす。

・割り勘の際にも一円単位まで細かく計算する。
・人におごられることはあっても、人におごることはしない。
・本人は節約家だと思っている。
・他人から施しは受けるが、施しはしない。

人は、お金を得るために働き、それがいつしか人生の目標になっている様相さえある。「金」や「金持ち」について『大辞泉』を引くと、たくさんの用例やことわざが載っている。一例をあげると以下のとおりである。


「金が物を言う」：物事を行うのに金銭の力が大きいことのたとえ。

「金で面を張る」：金銭の力で人を屈服させる。

「金の切れ目が縁の切れ目」：金銭で成り立っている関係は金がなくなれば終わる。

「金持ち金使わず」：金持ちの多くはけちだということ。

「金持ち喧嘩せず」：金持ちは利にさとく、喧嘩をすれば損をするので争うことをしない。

「金持ちと灰吹きは溜るほど汚い」：たばこの灰はたまるほど灰吹きが汚くなるように、金持ちは財産が殖えるほど卑しくなる等々。


金持ちを嫌忌するものではないし、金銭欲を非とするものでもない。「地獄の沙汰も金次第」ということわざがあるくらいだから、この世では、なおさら、お金に執着するのは当たりまえである。私たちの日常がお金で動いているかぎり、金の威力に勝るものはないし、日々の暮らしを支えるための日用品の購入、各種サービスの享受もすべてお金がなければ成り立たない。問題はその度合いである。そもそも金銭欲に「適度な金銭欲」というものがあるのだろうか。

　金銭欲は、素封家でお金に不自由していない人やボランティアを除けば、働きに応じて対価を求める者が普通に有する欲望である。ただ、どれだけの金銭があれば満足するかはそれぞれのライフスタイルによって異なってくる。そして、どれだけの対価を期待できるかは、職業を選択した段階で、年齢別、性別、学歴別、雇用形態、地域により、およその生涯年収（新卒入社から退職までの間に受け取る月給やボーナスを合計したもの）の算出が可能になる。

　独立行政法人労働政策研究・研修機構の二〇二〇年の労働統計によれば、生涯年収は、男性の場合、大学・大学院卒では二億七千万円、高校卒で二億一千万円という計算である。この数字が「適度な金銭欲」の目安になるのではないだろうか。この数字を前提にして、自身の職種の平均年収と中央値を調べ、そのピーク年齢を勘案すれば、実現可能なライフプランを立てることが可能になる。そして、プラスαで若干の上積みを加算したのが「適度な金銭欲」となるのではないだろうか。さらに充実したライフプランにこだわるならば、それに見合った年収をどのようにして確保するかが課題となり、過度にならないように配慮することが肝要だと思う。過度な金銭欲の発現は、周囲から疎まれ、人間関係を悪化させるだけで、決して実りある人生にはならないと思うからである。

余談であるが、私の「金持ち」の定義は、「現在貯蓄額の多い者ではなく、これまでに費消した金銭の累積額の多い者」としている。

[3]出世欲

私の青春時代は、東京へ出ることが憧れであった。旧態依然の田舎の暮らしから解放されて華やかな都会で暮らすことを夢見た。そして多くは、「一旗揚げること」を胸に誓い、親との別れを惜しみながら故郷を後にした。今でも中学卒業と同時に集団就職列車に乗り込む同世代の映像を見るたびに「別れ」と「決意」が伝わってきて泣けてくる。上京そのものが「出世の第一歩」だった。

「立身出世」は、本人の能力、努力、才覚などによる社会的地位の上昇を是認する観念であり、階層社会に生きる人間の欲望に根差している。その現れ方は、時代や社会によってさまざまである。とりわけ明治維新になると社会が一変し、人々に上昇的社会移動の機会が拡大されると、個人レベルの立身出世はそのまま国家レベルの立身出世(列強への追い付き)と重なり、公的にも正当化されるようになった(『日本大百科全書』)。付言すれば、福沢諭吉の『学問のすゝめ』(一八七二年)は、立身出世を勧める内容の書でもある。

子ども時分、「今度、東大出の若干二十八歳の役人が○○税務署長になるそうだ」とか、「○○が国家公務員上級職の試験に合格して○○省に入るらしい」など、聞いた覚えがある。今でこそ、死語になりつつあるが、「立身出世」は郷土の誇りでもあった。

多くの人は、国レベルの立身出世の強い欲望は持っていないにしても、それぞれの持ち場において出世への上昇志向は持っていたはずである。

出世欲。より高い地位や権力のある身分になりたいという欲望。会社勤めをしていれば、同期入社組との競争があり、自然とそのなかから一歩抜き出たいという欲望は大切だと思っていた。過度な競争心は疎まれるが、適度な出世欲はモチベーションを高め、仕事にも私生活にも刺激となってより充実した人生を送る要素と思っていた。馴れ合いは、一見競争のない理想の姿に見えるが、上昇志向であるよりも現状維持の均衡志向となることが多いため、物足りなさを覚え、いずれ分断して解消すると思っていた。

一九九〇年代、一時、成果主義がもてはやされた。日本の長年培われてきた年功序列主義の負の部分に風穴を開ける画期的な人事評価制度として名だたる企業が飛びついた。

成果主義は、業績や成果に基づいて社員を評価し、その評価の内容によって給与や人事を決める仕組みである。向上心のある人には昇給と昇進を意味するため、金銭欲と出世欲を大いに刺激する制度であった。しかし、成果主義は、労働意欲の向上や責任の明確化という企業がめざすメリット以上にそのデメリットが表面化し、二〇〇〇年代初頭には廃止あるいは修正を余儀なくされた。つまり、過度な出世欲は、自分の成果だけを追い求めればよいという価値観を醸成させ、これまでの他部門との横の連携を希薄にし、また、短期的な志向・目線で仕事に対処するために、品質管理、品質保証は後方に置かれ、顧客の多様なニーズに応えられずに信頼を失墜する事態が生まれた。さらに、中長期的視点で進められてきた商品開発や新サービスの提供が、挑戦意欲の低下により停滞する事態に陥った。

成果主義であれ、年功序列主義であれ、企業は、社員の業績や成果を評価しその優劣をつけなければならない。組織の活性化と社員のモチベーション向上のためにも避けて通れない。評価は客観的評価が理想であるが主観的評価の弊害は常につきまとう。人による評価であるから運にも左右される。極論をいえば、「人事は好き嫌いで決まる」。それでも、人生は戦いである。戦いには、勝ち負けが付きまとう。慈善事業でないかぎり熾烈である。

勝者には応分の利得が与えられ、敗者にはそれ相当の覚悟が求められる。それを嫌うのであれば脱俗して山に籠るか、自給自足の生活に投ずることだが、現実には不可能である。

こうした状況のなかで、近年、気になる一つに、「若者が出世を望まない」という現象である。わが社に例を引けば、「出世を望まない」というよりは、社員の高齢化が進んで平均年齢が上がり、人事が硬直してポストに空きがない、というのが真相のようだ。

パーソナル総合研究所の二〇一九年の調査では、現在就業中の二十〜六十九歳の七八・六％が「積極的に出世したくない」、二一・四％が「出世したい」と答えている。また、公益財団法人日本生産性本部「平成三十一年度新入社員働くことの意識調査結果」でも、会社内での出世について、「役職につきたくない」六・九％、「どうでもよい」一六・〇％で、入社したばかりの会社で五人に一人が出世を特に視野に入れずに働いているという結果が出ている。同様の結果は、リクルートマネジメントソリューションズが、三年おきに実施している「新人・若手の意識調査」の「働く上で重視することは何か」という質問のなかで、「世間からもてはやされること」「責任者として采配がふれること」が他の項目よりポイントがきわめて低かったとしている。その他、個別の企業で行った調査でも同じような結果が出ている。

その理由を整理するとおよそ以下のとおりである。

①終身雇用制度が崩壊して、そもそも一つの会社で勤め上げるという意識がない
②組織の中で出世していく生き方のイメージが持てない。ロール・モデルがない
③責任のある仕事をしたくない
④出世することのメリット（新しい仕事にチャレンジできる）よりもデメリット（残業代がなくなる、仕事の量が増える）の方が大きい
⑤出世しないメリット（慣れた業務をし続けられる、仕事とプライベートの両立がしやすい）が、出世しないデメリット（給料が上がりにくい、将来年下が上司になる）より大きい
⑥会社内の地位に興味がない

これに対して、出世したいと考えている人の理由は、
①給料を上げたいから（圧倒的に多い）

②キャリアを積みたいから
③社会的地位を上げたいから
④責任のある仕事をしたいから

これらから「出世を望まない若者」は、責任ある管理職就任よりも私生活を重視したワークライフバランスの充実を優先していること、一方「出世を望む若者」は、生活レベルの向上に重点を置いていることが推測できる。この傾向は、将来的に世界との競争力において後塵を拝すのではないか心配である。その兆しはアジア諸国の若者との意識の違いに表れているからである。

先のパーソナル総合研究所の二〇一九年に行った「ＡＰＡＣの就業実態・成長意識調査」によれば、「あなたは、現在の会社で管理職になりたいと感じますか」の質問でも、わずかに二一・四％が「なりたい」と回答しているが、この割合は、アジア太平洋地域でもっとも低い結果であるとしている。参考までに諸国の回答は、インドが八六・二％、ベトナムが八六・一％、フィリピンが八二・六％……中国が七四・二％、韓国が六〇・二％、台湾が五二・二％、ニュージーランドが四一・二％(十三位)で最低の日本が二一・四％(十四位)となっている。

上昇志向を持たなくても生活を維持できる程度に国民の生活水準が向上したということであろう。
それは、出世欲だけに限らない。アルコール飲料においても、「あえて飲まない」若者が増加して、酒類消費量がピーク時の三割減少しているとか、「若者の車離れ」が進んでいるとか、共通していえることは、現状維持志向の若者が増えているということである。

それにしても出世欲はじめ欲望が薄いのも困ったもので寂しいかぎりである。今、古稀を過ぎて思うことは、過度な出世欲は捨ててもよいが、適度な出世欲は捨てず持って欲しい。上昇する自分を見せることは、周囲に夢と希望を与えるのだから。

［4］名誉欲

「名誉欲」と聞くと、中学三年時の担任の先生を思い出す。「公侯伯子男」、お茶の水女子大国文科出のM先生は、こうした語呂を用いて記憶に焼き付けることが得意だった。「公侯伯子男」は、明治十七年に制定された華族令における爵位制度の五段の爵位を順に並べたものである。すなわち、公爵、侯爵、伯爵、子爵、男爵の順を表す。

どの場面でこの語呂が使われたか、正確には覚えていないが、昭和二十二（一九四七）年五月三日に施行された日本国憲法が、法の下の平等、貴族制度の禁止、栄典への特典付与否定（第十四条）を定めたことにより華族制度が廃止され、その結果、名誉を剥奪された華族のなかには没落した華族が多かったという話だったように思う。蛇足であるが、旧漢字の「櫻」の字の覚え方は、「二階（貝）の女が気（木）にかかる」であった。

日本には叙勲制度があり、毎年四月二十九日に「春の叙勲」、十一月三日に「秋の叙勲」が定例的に行われている。総務の仕事柄、地区の有力者のなかに叙勲受賞者がいないか、この時期になると新聞の掲載欄を隈なく探していた。そして、知った名前を見つけると、我が事のようにうれしくなったものである。かれこれ十年以上も前になるが、当社の協力企業であるM工業の社長が瑞宝単光章（勲六等）を受賞した。鉄筋工事業を営む傍ら若手鉄筋工の教育育成に長年貢献したのが評価されたものである。M社長は、授与式に臨む緊張感と満足感を嬉しそうに語ってくれた。これは名誉なことで、故郷へ錦を飾る立身出世の姿を目の当たりにしてその一部始終を聞いていた。奥様の喜ぶ姿、所管大臣からの勲章の伝達等、普通の人が体験できないことを成し遂げたのだから理屈抜きに称賛に値すると思った。勲記は自宅の床の間にきっと飾られているはずである。「名誉」というのは、本人が欲して叶えられるものではなく、他人がその人格を認め評価して初めて叶うもので、まさに人徳あっての神の差配であると感じた。

　勲章は旭日賞と瑞宝賞に大きく二つに分かれ、それぞれが大綬章（勲一等）から単光章（勲六等）まで六段階に分かれている。このなかでも、身近に感じるのは勲四等の小綬章、勲五等の双光賞、そして勲六等の単光章ではあるまいか。勲一等から勲三等までは、受章者間に職業上の格差が存在し、そのヒエラルキーの頂点は限定された職業に決まっているようで、心から祝福する気持ちになれないからである。社会に貢献したことは認めつつも、首を傾げたくなる制度の運用だと思っている。

　一方、日本には勲章とは別に褒章制度がある。特定の社会的分野における、事蹟や徳行の優れた方へ褒章を与える制度である。種類は藍綬、黄綬、紫綬、緑綬、紅綬とあって、綬色によってそれぞれ名称がつけられている。建設関係は「農業、商業、工業等の業務に精励し、他の模範となる技術や事蹟を有する方へ送られる黄綬褒章に該当する。内野三郎会長が存命の折り、幾度か受賞に向けて働きかけたが、固辞された。故人の意思に関わらずに準備を進めてもよかったのではないかと今も後悔している。戦後まもなく、茨城県の神栖から一旗あげようと裸一貫で上京した人である。練馬区建設業協会で会長を務めあげた他に数々の役職にあって、区の発展、とりわけ住環境の向上に寄与した功績者である。

「名誉欲」という場合、かつては、その語感からスケールの大きい印象があり、前述の立身出世（出世欲）に近いものを思い浮かべていたが、今では、より身近な範囲（例えば、家系、会社、所属集団、地域、村落など）において、よい評判を得たいとか、自分の能力や行為についてすぐれた評価を得たいという欲望、と捉えるのが適切であると思っている。判例は、名誉とは「人の品性、徳行、名声、信用等の人格的価値について社会から受ける客観的評価を、すなわち社会的名誉を指す」（最判昭四十五年十二月十八日）とするが、これは保護法益の観点からの名誉であって、「名誉欲」の名誉は、この、社会から受ける客観的価値の他に本人の主観的名誉感情も含まれるものと考えたい。

名誉欲は、誰もが持っている欲望であると同時に、本人のアイデンティティを死守する最後の砦のようなもので、他人からの侵害、毀損には敏感に反応する。

今日、名誉は法によって守られているが、中世では、個人や家系、所属集団の名誉を守ることが重視され、名誉が傷つけられた場合には決闘や戦争に及ぶ場合も珍しくなかった。

注意して見ると、私たちの周りには「名誉」が冠された名称がたくさんあることに気づかされる。名誉総裁、名誉会長、名誉学長、名誉教授、名誉院長、名誉会員、名誉市民など、どれも功績をたたえて、なんらかの地位や職を形式的に贈るときに接頭辞として付けてあるが、あくまでも形式的なので、実質的な内容が伴わないことが多い。

首都大学東京大学院で学んでいたときに、指導教授との間で定年後の身の振り方が話題になったことがある。「六十五歳の定年を迎えたら名誉教授にはなれるかもしれないが、本当に無報酬だからね。『名誉』だけでは暮らしていけないから」と、本音とも冗談とも取れる話をするものだから、ゼミ生がそれを聞いて大笑いしたことがあった。ただ、国公立大学の名誉教授ならば、運が良ければ叙勲の対象になるかもしれないが、それでも勲章と勲記だけでは飯が食えないから、それが本音だったかもしれない。

それにしても、「名誉」の類義語は少ないが、「不名誉」の類義語の多さには驚かされる。

「名誉」の類義語は、「名聞」「誉れ」「栄光」「栄誉」「栄え」「敬意」など限られているが、「不名誉」の類義語には、「面汚し」「泥を塗る」「恥さらし」「名折れ」「汚点」「汚名」「汚辱」「恥辱」「男が廃る」「顔が潰れる」「肩身が狭い」「顰蹙を買う」「悪名高い」「軽挙妄動」「策士策に溺れる」「株を下げる」「物笑いの種」など枚挙に遑がない。

　思うに、「家」の制度が厳然として存在した時代、個人の名誉以上に求められたのは、「家」が不名誉の烙印を押されないことのほうが重視された。不名誉の烙印を押されると、その評価は末代続き、そこでは生存できないほどの不幸をかこつことになった。類義語の多さは、そうした行為に至らないようにと予防的、戒め、不文の道徳とみてよいと思っている。

　人の世は、名誉を得ることへのやっかみや僻みが先にたって、なかなか人の栄誉を心から称え喜べないものかもしれない。

　企業もある程度の大きさになると、就業規則に社員の功績や貢献を称える表彰制度を設けているところが多い。どのような内容にするかは企業の自由で各社さまざまである。

　一般的には、基準が明確で客観的でわかりやすい永年勤続表彰や無事故表彰などは、企業への帰属意識を高め、離職率の低下を防止するなど、社員は好意的に受け止めている。一方、受注額に応じて褒賞金などを出す表彰制度は、個人単独で達成した印象を与え、間接的に協力した他部門の社員のモチベーションを下げ、社員間の関係を悪化させる可能性があるので、その運用は慎重でなければならない。当社の例を引けば、永年勤続表彰も企業がスタートアップの時代は人員の確保もままならなかったこともあり、三年勤続表彰、五年勤続表彰、七年勤続表彰と細分化されていたが、成長期、成熟期に入ると、社員の定着率も高まったことから、一挙に十年勤続表彰から始まり、十五年勤続表彰、二十年勤続表彰に変わり、今では、二十年勤続表彰一本のみに変わっている。

以上、四つの欲望について述べた。これ以外にも五つ目に「知識欲」も考えたが、知識欲は、こだわりを捨てることなく、より貪欲でありたいと思い、挙げることを控えた。

思うに、これらの欲望は単独で現れるよりは、複合した欲望となって現れることが多い。

例えば、今、巷間をにぎわしている五輪汚職などは金銭欲と名誉欲の複合した欲望の現れであろう。受託収賄容疑で再逮捕された(令和四年十月四日現在)大会組織委員会元理事のT容疑者はじめ出版大手の「ＫＡＤＯＫＡＷＡ」Ｋ元会長(十月四日辞任)も、多額の金銭や便宜に正常心を失い、不正違法行為と知りながら、一方では「自分たちの働きなくして東京五輪・パラリンピックは開催されなかったし成功裡には終わらなかった。それは国家的にも栄誉なことで国民から称賛されるべき偉大なる功績である。これほど名誉なことはない。数千万円の利得や便宜の供与は、たかがしれたもので大会開催とその成功に比べれば、些末なこと」と思ったはずである。

雑踏にひしめきながら、勝利におごりながら、恩寵にみちたりながら、ある日、ふとわれに立ち返ったとき、言い知れぬ孤独感を経験する。過度な「名誉欲」や「金銭欲」や「出世欲」に囚われた末路は、こうした心境ではないかと私には思えてならない。功成り名遂げた人が味わう人生必定の心境ではないかと思うのである。

秋の高い碧空を見上げながら、ふとそんなことを思った。

第三章　再びのこだわり

第一章は、私のこだわりを四つに分けて書いた。「健康へのこだわり」「書くことへのこだわり」「学ぶことへのこだわり」及び「興ずることへのこだわり」がそれである。

第二章は、こだわりを捨て不都合な現実に向き合うことにより、我が身の立場に卑屈にならず、再生の道・共存の道を模索すること、そして過度な欲望は捨てることを提言した。

本章は、上記の過程を経てもなお、捨て難い、否、捨ててはならないこだわりがあることを、「期待される人間像――品性」と「最後のミッション」にまとめた。前者は、若い世代に示したい品性を五つ挙げた。ともすれば、近年軽視されがちな道徳的規準、行動規範となるもので、日頃から大事にしている品性である。後者は、子ども世代に向けて伝えておきたいことを二つ挙げた。私には小学生の孫が四人いる。将来の日本を背負う孫たちへ、そして日本の子どもたちへ人生の道標になればいいなあという思いで書いた。したがってそれは〝子どもたちへの遺言〟でもある。人生の最後のステージを夢あふれる子ども世代と関わりながら終えることができれば、最高に幸せである。「こだわり」から見えてくるもの、それは「もの」や「行為」の深化であるが、「こだわりを捨てること」から見えてくるものは、精神の解放と新たな旅立ち・挑戦である。そして「再びのこだわり」から見えてくるものは、時代を超えて連綿と続く道徳観・倫理観を備えた期待される人間の姿、品性である。

（1）期待される人間像──品性

昭和四十一（一九六六）年十月、中央教育審議会は、（後期中等教育の拡充整備について）の答申で、各人の個性・能力・進路・環境に適合する教育（多様化）を提案された。そして、別記として強調されたのが愛国心育成の必要性、いわゆる「期待される人間像」である。

当時、高校二年の私は、この言葉を社会科の授業で初めて知った。社会科のS先生（当時は大分年輩とお見受けしたが今から思うとまだ三十代半ばではなかったかと思う）は、日教組の組合活動にも熱心な先生だった。授業に入る前に（進学校でもない、田舎の工業高校ということもあってだろうか）、世の中のできごとについて解説することが多かった。

ただ、批判することが多く、「期待される人間像」についても槍玉にあげていた。十分に批判能力を持ち合わせていない高校生には苦痛を伴う時間であった。戦後二十年が経過して、自由主義と民主主義がなによりも優先されるべき価値観として国民の間に定着しつつあるときに中央教育審議会答申・別記は、時代を逆行させるもので許せなかったのであろう。

「教育は怖い」――教師の感化力の底知れぬ恐ろしさを生徒ながらに実感した思いであった。

さて、ここで記述するのは、答申された「期待される人間像」ではなく、私自身が求める品性、すなわち「道徳的規準から見た、その人の性質。人格」（『大辞泉』）である。専門家や世の識者は、多くの観点から、求められるべき品性を説いているが、私は以下の五つを挙げたいと思う。

【1】正直な人

当社の施主（顧客）のなかに、名前が「〇〇直」さんという、昭和一桁生まれの方がいらっしゃる。齢九十を過ぎて、今も矍鑠として頭脳明晰である。そのお兄さんの名前が「正」さんで、兄弟合わせて「正直」という。明治生まれの両親は、「嘘をつかない正直な人になってほしい」という願いから命名した、と「直」さんから聞いたことがある。

正直を定義するのは難しい。その人の発する一言一句はもちろんのこと、全体を観て総合的に判断する以外に適切な方法が見当たらない。ただ、その人が正直かどうかは、見る者から見れば二言三言交わすだけで瞬時にわかるものらしい。

勝海舟は「二宮尊徳には一度会ったが、至って正直な人だったよ」と述懐している（『海舟全集』第十巻）。勝海舟とは、江戸末期、戊辰戦争の早期停戦と江戸城無血開城を実現して、わが国を明治維新に導いた政治家である。一方、二宮尊徳とは、江戸後期の思想家であり、報徳思想を唱え農村復興政策を指導した農政家である。通称・二宮金次郎で表記されることが多い。推測するに、海舟には、日本の進むべき姿に向けた尊徳の情熱がストレートに伝わったのではないだろうか。その実直さが「正直な人だったよ」なのであろう。

　私の卒業した小学校の校庭には、今なお、薪を背負い本を読みながら歩く姿の石像が建ってある。昨年（令和3年）、数十年ぶりに訪ねた小学校は、校舎は新築され生まれ変わっていたが、金次郎像は、場所は移ったものの当時のまま残されていたのに驚いた。勤勉にして正直な人物を顕彰するに相応しく、存置は学校長の計らいであろう。道徳規準の一つとしてもっとも尊重されるべき品性が教育の根底にあることをうれしく思った。

　さて、私も三十数年、会社の採用人事や社員の評価に携わってきた。とりわけ、学生や高校生の面接は、その人の将来、人生がかかっているだけに生半可なことはできず緊張感をもって臨んだものである。まっさらな状態で初めて社会に出るのだから、履歴書に書ける内容には限界がある。志望動機を確かめ、身上書や在学中の成績証明書から判断し、内定を出すかどうか判断する。一時は、内定後ではあるが念のためにその人物の性格・性向を知るためにリクルート業者に性格診断を依頼した時期もあった。

　面接時間は一人平均して三十分を基本として、これまで何百人もの学生と面接してきたが「よくわからない」のが結論である。そのなかで私が一番重視したことは、その学生や生徒が「嘘をついていないかどうか」であった。学校の成績は成績証明書でわかるが、性格、人柄その他の能力・力量などは推測の域を出ない。それでも、書かれている内容に偽りがないかどうかは、切り口を変えて質問を重ねることで、表情の微妙な変化などから読み取れるようになっていく。

一方、中途入社の応募者の面接は学生の面接と異なり、別の緊張感を持って臨んだ。所有資格や職務経歴書でその人の職業知識や能力、関わった仕事内容はわかるが、前職の退職理由はこちらから踏み込んだ質問をしない限り、なかなか本当の理由をいわないことが多い。同僚とのコミュニケーションに問題があったのか、大きな仕事上のミスをしたのか、反社会的なことをしていないか、犯罪歴はないか、家庭内に問題を抱えていないか等、プライバシーの侵害にならない範囲で聞き出していく。

そして最後は、力量はもちろんであるが、この人は「嘘をついていない」と確信に至って初めて、採否を決めたものである。

以下は、私の体験から正直といわれる人・社員に共通する特徴をいくつか挙げてみた。

①嘘をつかない

人を欺いてなにかを利得しようとか、策略を練って、相手を貶めるようなことはしない。自分を追い越して行きたい者があれば、喜んで道を譲る心の広さがある。嘘をつかないから、心に後ろめたさや不安がなく、常に堂々と相手と接することができる。

②損得計算をしない

なにか行動を起こすときに、その是非を損得計算して、損と判断すれば避け、得だと思えば飛びつく人がいるが、正直な人の判断基準は、個人の損得よりも全体としての生産性の確保や納期厳守などを重視する傾向が強い。その結果、仕事の分担が増えることがあっても不平不満を言わず弱音を吐かない。

③提言や助言を好意的かつ肯定的に受け止める

仕事の進め方、問題の解決方法など、悩んでいるときに上司や先輩から提言や助言があると、それを謙虚にして好意的かつ肯定的に受け止める。そこには相手に対する感謝の気持ちがあり、実行に移す素直さがある。この態度が職場では信頼されることにつながり、高い評価となる。

④相手を善意に解する

相手を疑わない。疑うことを知らないから、偏見を持たずに相手の言動を善意に解する。ときに騙されることがあっても、「自身の不注意」と割り切り、相手を責めずに許す寛容性を持っている。

⑤一見弱そうに見えて芯がある

自分の意見を強く主張したり押し付けたりすることがない。大人しく目立たないため、一見、相手の言いなりになっているように見えるが、しっかりとしたアイデンティティーを確立している場合が多い。

⑥いい返事をする

名前を呼ばれると、「ハイ」と明瞭な返事が返ってくる。濁った返事、身の入らない拒絶的な返事をしない。

結果は、企業にとって現状を維持する上で欠かせない人材として貢献することが多い。企業の成長は、維持管理→改善→維持管理→改善と繰り返されていく。正直な人は、このサイクルのなかで「維持管理」を担う重要な人材となる、それが長年観て来た私の結論である。

[2]出し惜しみしない人

自分の知っていることを出し惜しみする人がいる。出すことで、相手に追い越され、自分の存在感がなくなると恐れているのかもしれない。思えば、中学時代、定期試験が近づく、勉強が苦手な子が、できる子にわからない箇所や問題について聞いている子がいた。聞かれた相手は、丁寧に教えてあげる子もいれば、明らかに知っているはずなのに教えを渋る子もいた。結果は、教えを受けた子が成績上位に入ることはまずなかったが、教えた子は教えを渋った子よりも総じて成績上位であったように記憶している。「教えること」は「復習となり、知識を定着させる」ことになるのだが、教えることで順位が下がることを恐れ、教えることを渋ったのであろう。

仕事においても同様で、出し惜しみする人の前には、新しい情報が入ってこないし、人も寄ってこない。反対に、出し惜しみしない人には、労せずして応分の情報が入ってくる。友人、同僚も集まってくる。正のスパイラルが生まれ、いつの間にか自分がレベルアップして、自分の可能性が拡大し信望も厚くなっていることが多い。いくつか例示する。

（その1）かつて、出し惜しみを助長するような人事評価制度があった。一九九〇年代に流行した成果主義である。終身雇用制度、年功序列主義の弊害を打破するという大義名分があって、大手から中小企業に至るまで多くの企業が導入した。当社もブームに乗り遅れまいと部門毎に評価項目を定め、評価方法と報酬の関係を明文化した。しかし、この成果主義は三年もしないうちに終わりを迎えた。社員は、個人主義に走り自己の成果・成績を上げることに腐心し、重要な情報を共有することを渋るようになった。自己の有するノウハウや有効な方法を標準化し水平展開されることを嫌い、独占することで一人高い報酬を得ることを求めるようになった。また、大型物件の受注活動を避け、短期的な中・小型物件の受注活動に専念するようになった。結果、企業に勢いが失われていった。他企業においも同じような問題が指摘されるようになった。やがて、成果主義は修正を迫られ、ブームは十年余りで去った。出し惜しみする社員が増長した時代であった。和が乱れ、仲間を思いやる精神が後退した時代であった。

（その2）会社のシステムは新旧が混在していることが多い。新システムに一気に移行できれば理想であるが、コスト面も含め、当面併存しなければならないことがある。旧システムに精通している技術者が、なんらかのトラブルが発生したときにその有する知識を出し惜しみしないで対処してくれれば社員の評価は不動のものになる。反対に出し惜しみすると業務は短い時間であるが遅滞して不評を買うようになる。固有技術を出し惜しみして、その存在を誇示する社員は、敬遠されて人は集まってこない。

（その３）要領よく、賃金相当分しか働かないという人がいる。工程管理から品質管理まで如才なくこなしていくので安心感がある。製品（当社であれば建築物）は、契約どおりに竣工し無事引き渡される。しかし、なぜか施主が感動していないことがある。渾身込めて完成させたという社員の「熱」が伝わってこなかったからであろう。持てる力を出し切っていないことが見透かされているのである。一方、職人肌の人には、愚直に細部にこだわる人がいる。力を惜しまず出し切って働いていることが伝わり感謝されることが多い。どちらが是というのではない。ただ、出し惜しみしない人の仕事には、その物の出来映え以上に、人の心を動かすなにかがあるということである。

（その４）会社勤めをしていると、仲間とコミュニケーションを深めるため、会社や上司の愚痴の一つも言いたくて同僚と酒を飲むことがある。すっかり良い気分になって、いざ勘定の段になると一円単位の割り勘にこだわる人や、用を足しに席を立つ人がいる。それぞれに正当な理由をもっての行為であるが、余分に払わされることを嫌って出し渋る人に多いと感覚的に思っている。こうした人は、次第に敬遠されて声がかからなくなっていく。社内では「ケチ臭い人」とレッテルを貼られ、そばには人も集まらなくなっていく。

以上、「出し惜しみ」しているにもかかわらず、相当の報酬を求める人は、皆から嫌忌され信望を失う。他方「出し惜しみしない」人の周りには人が集まり、その可能性と信望が生まれる。最初に「出し切る」ことが肝要である。

私は、生家が海の近くにありながら、小学から中学時代、夏、海で遊んだ記憶があまりない。海難事故が続き、親が海に出ることを心配したからである。おかげで大学に入るまで「金槌」だった。在学中、泳ぎを覚えようと寮の近くのジムに半年ほど通った。呼吸方法を知らないから息継ぎができない。インストラクターが最初に教えてくれたのが「吐いて吸う」であった。それまでは「吸って吐く」という先入観があったから、無理に水面から口を出しては水を飲むこともしばしばであった。「吐けば」自然と「吸う」ことになる原理を知らなかった。順序が逆なのである。便秘で悩む人がいる。「出し惜しみ」する人で、「出す」よりも「入れる」ことを優先する人だなあとつい思ってしまう。赤ちゃんが母体からこの世に生まれ出るとき、最初に「オギャー」と泣くのは、空気を吐き出したことの反射である、と聞いたことがある。最初に「吐く」「出す」と心得ると道理が見えてくる。

[3]言行が一致している人

私は、若い時分から「男は少しほらを吹くぐらいがちょうどいい」と周囲に憚らず言ってきた。

自分がどんな人生を歩むか、皆目わからない時分である。自分を鼓舞して目標に向かっていこうという意志の裏返しである。夢は大きくありたい、計画の段階で自分を過少評価していてはつまらない。目標を定めたら、時間を切って目標に向かって進んでいく。

しかし、現実は目標どおりにいかないことが多い。なんどか挑戦しても達成できないと、自分の能力の限界、あるいは適性を返りみる。そして、諦めのなかで新たな自分探しに出かける。ただ、諦めも中途半端だと未練を残し、頭の片隅から離れず、なにも手につかず、夢想を繰り返す。最悪は夢想のスパイラルに陥り抜け出せなくなることである。

最初、品性の三番目に「心と口と行いが一致している人」とした。ところが、後にヨハン・ゼバスティアン・バッハが母マリアのために作曲した「心と口と行いと生活で」という教会カンタータがあることを知った。インターネットで検索すると曲が流れてきて、終曲のコラール「主よ、人の望みの喜びよ」は、広く親しまれて聴き覚えのある曲である。偉大な作曲家の命名した曲を、くすねているようで断念した。代わりに「言行一致の人」としたが、カンタータを意識して最終的には「言行が一致している人」に決めた。

「言行」は、「言葉」と「行動」という意味で、「言行が一致している人」とは、口に出して言ったことと行動が一致している人のことをいう。類似語には「有言実行」がある。つまり約束したことは必ず実行する人のことである。したがってあいまいな約束はしない。ビジネスでは約束が守らないと相手に大きな損害を与えることがあり、場合によっては損害賠償請求など訴訟沙汰に発展することも稀ではない。取引を安全確実に行うために備えたい品性である。

よく約束の時刻にいつも遅れてくる人がいる。これが重要会議だったりすると、開催時刻を遅らすことになり、関係者のスケジュールに影響を及ぼす場合がある。当の本人は、遅れて登場することで、注目を集めたいという心理が働くのかもしれない。中学生の時に、同級生に常習者がいたので、私はいつの頃からか、こうして約束の時刻に遅れてくる人に対して「中学生の心理」と命名し、その幼稚性を揶揄するようになった。待たされている間に、私がそんな言葉を発するものだから、つられて笑っているが、本当に傍迷惑な性向である。

かつて、街を歩いていると、飲食店の表看板やのぼりに「日本で二番目に美味しい○○の店」などと書いた店をよく目にした。一番と書くと誇大広告も甚だしく「看板に偽りあり」と世間から叩かれることが目に見えている、二番目だと客観的に証明のしようがないので、笑っておしまいである。悪気がなく一概に誇大広告という訳にもいかず、そのまま見過ごされてしまう。そもそも、なにかのコンテストで入賞したり、ミシュラン審査で一つ星を獲得するほどであれば、店のホームページやメニューなどで、主催者やその審査年などを紹介すれば足りること。「二番目」と書くことは、裏返せば、味に自信がないということを証明しているようなもの。それを承知で入店するのはいっこうに構わない。思った以上の味ならば満足し、そうでなければお愛嬌だと割り切ればいい。気になって、しばらくしてその店の前を通ると看板が下ろされていることがある。気恥ずかしさが後からついてきて、気づかないように下ろしたのであろう。

営業の受注年度目標額を「〇〇億円以上」と掲げる人がいる。客観的にその人の能力から推測して無理なような気がするが、年度初めに立てた目標であるから、その意気込みを買いたい。「男は少しほらを吹くぐらいがちょうどいい」が持論だから、昨年度比で二〇％ぐらいのアップは、あながち不可能ではないと善意に解釈する。なぜなら、そこに夢があるから。しかし、受注目標を達成できる社員は限られている。受注は結果であり、その前段取りがある。営業情報を集め、内容を吟味し魅力あるプレゼンを用意するためには顧客のニーズを的確に掴むことが必要で相当の時間を要する。美味しい料理を提供するためには素材選びから始まり、仕込みに相当の時間をかけなければならないのと同じ道理である。プロセスで顧客の心を掴む。顧客に明るい未来を約束できなければならない。

トップ営業からベストプラクティスを学ぶことは重要であるが、その人ならではの魅力や味は本人しか出せない。真似には限界がある。結局、自分のスタイルを構築する以外に方法はない。当初の目標を細分して管理し、達成感を重ねる。その先に全体の目標達成を描くようにすれば「言行が一致している人」として、会社の業績を支える期待できる人材に成長するのではないだろうか。

反対に、受注年度目標額を低くめに設定する人がいる。一見、控えめな設定であり誰の目にも達成しそうな目標額である。言行は一致するが、なぜか物足りなさを感じる。先に求めた品性の一つである「出し惜しみをしない人」とは反対に「出し惜しみをする人」として印象を損ねる。かつて、亡き会長は、「飛行機が水平に飛び続けるためには地球の重力に抗して少し上向きに飛行しなければならない」。言い得て妙。すべてに通じる真理であると納得したものである。

[4]責任を転嫁しない人

亡き内野三郎会長は、あるとき「責任転嫁できる人は幸せな人たちだ。私には社員とその家族合わせて六百人を養う責任がある。仮に社員が不祥事を起こしたら、それは統括責任者である自分の責任であってその社員だけのせいにすることはできない」と言った。

一九八八(昭和六十三)年七月二十三日、横須賀港沖合の東京湾で、海上自衛隊第二潜水隊所属の潜水艦「なだしお」と、遊漁船「第一富士丸」が衝突。第一富士丸は沈没し、乗員乗客三十人が死亡、十七人が負傷した。いわゆる「なだしお事件」である。事故後「なだしお」の救助活動、特に「三名しか救助できなかった」という事実に批判が集中した。また、事故当日石川県に滞在していた瓦力・防衛庁長官が自衛隊機ではなく民間機を待ったために帰京が遅れたことで、海上および航空自衛隊の連携ミスも表面化した。さらに、衝突時の航海日誌を後に改竄したことも露呈し、八月二十四日、瓦長官は引責辞任している。一方、海難審判では、一審で「なだしお主因」、二審で「過失同等」とされた。刑事責任を追及した一九九二年の横浜地裁判決は、なだしおの主因を認定。業務上過失致傷などの罪に問われた元艦長に執行猶予付き判決が下され確定している。

冒頭の会長(当時社長)の言葉は、「なだしお事件」が起きてまもない八月初めの夕礼時の挨拶のなかでの言葉である。互いに責任を相手方になすりつけるようなそれぞれの言い分に、苛立ちを覚えたのであろう。昭和六十三年といえば、当社がその三年前にデミング賞実施賞中小企業賞を中小建設会社としてわが国で最初に受賞してまだ日も浅く、社員は「自己の役割と責任」を事あるごとに問われ「責任ある行動」を求められていた時期である。社長にすれば「責任を転嫁」するなどもってのほか、ただただ見苦しく思えたのであろう。

長年、会社勤めをして思うことは、責任感が強く部下の面倒見がよい上司に恵まれるとどれほど幸せかということがわかる。一度きりの人生を楽しく有意義に生きるか鬱々として無為に時を重ねるか、どんな人と巡り会うかによってその様相はかなり違ってくる。

一般的に、部門方針が目標どおりに進捗しており、会社の業績も安定しているときは、他人のミスや不成績にも比較的寛容になれる。ところが、本性をさらけ出すのは、部門方針が思うように進まず、その主因が自分の管理能力不足や営業能力不足ではないか、あるいは、他部門からは足を引っ張っていると思われていないか、と疑心暗鬼になると「責任を転嫁」する言動が現れてくる。

部門によっては、毎日のように仕事のやり方が間違っているとか、仕事の質が低いとか、時間管理がまずいとか、部門長や上司から指摘されている社員がいる。一見、業務指導のように見えて内実は、業績不良の責任をこの社員に転嫁しているような場合がある。集中砲火を浴びている間、他の同僚社員は無関心を装い、嵐が過ぎ去るのをじ～と待っている。

これは、パワハラやセクハラと責任の転嫁が複合している様相である。責任を転嫁する人は、押しなべて「軽賤の人」、つまり、人を軽んじばかにすることで、人を支配し屈服させようとする。「責任を転嫁する人」には共通して次の特徴が見られる。

①プライドが高い

ミスをしても、ミスを素直に認めようとしない。認めることは、自己の評価を下げることであり、特に同僚と同じレベルの評価は、屈辱以外のなにものでもない。

②手柄を独り占めにしたい

事が成就すれば自分の手柄だといい、失敗すると他人のせいにする。常に脚光を浴び主役でありたいが、責任を負わされる脇役を嫌う。チームプレーは苦手である。

③言い訳をして責任を逃れようとする

周囲の雲行きがあやしくなると、他人のあら探しをして、正当性を繕う。小理屈をいう小賢しさがあるから、周囲の雲行きを敏感に感じ取り、面倒が起こる前に、もっともらしい言い訳をして防御線を張る。

④他人には厳しいが自分には甘い

一例を挙げれば、立憲民主党のT議員の今回の統一教会関連発言など、その最たるもので、品性を疑われるよい例である。与党自民党員に対しては舌鋒鋭く追及するものの、いざ、自分にも関係履歴があったとわかると、同質の問題でないと嘯く。情なく憐みさえ感じる。

責任を転嫁する人がはびこると、会社全体が社会的信用を失うリスクが生じる。会社はその予防策（「自己の役割と責任」を繰り返し叩き込む）を講じなければならない。

一方、「責任を転嫁しない人」は、周囲から尊敬され頼りにされている人である。相手の意見に謙虚に耳を傾ける、問題が起こった際には一緒になってその解決方法を考える、けっして自己中心的ではなく、相手に配慮した行動がとれる人である。そしてなによりも思いやりのある温かい人柄の持ち主である。

[5]人の喜びを喜べる・悲しみを悲しめる人

これまで挙げた品性を持ってなおハードルが高いのがこの品性である。わが身を振り返ってみれば、それがいかに心狭くして誠真実の伴わない虚構のものであったかが、わかる。

言葉にすれば簡単である。人が喜んでいることがあればそれを心から喜び、人が悲しみに瀕していれば一緒に悲しんであげる。しかし、その心境に辿り着けないのである。おそらく、その境地は「無心」であろうと思っている。

今、古稀を過ぎてわが半生を振り返ると、還暦を迎えた六十歳頃までは、内なる闘争心というか競争心がメラメラと燃え、同世代の行状には特に関心をもって見ていた。それは身近な誰かではなく、マスコミに登場してくるその時々の人物や政治家などに向かっていた。

「こいつは、中学時代は、○○（級友）のタイプだな、おそらく頭のできも○○程度であろう。だから、こいつは、おそらく、次にこんなことを考え行動するだろう」と行動予測して楽しんでいた。劣等感の類なのであろう。下衆の勘繰りである。

一方、社員の事情については、淡白に受け入れていた。言葉を替えれば「無感動であり無慈悲な」感情である。例えば、「○○さんの子どもさんが、有名中学に合格した、有名大学に合格した、一流企業に就職した」「○○さんがマイホームを購入した、新車を購入した、夏休みを利用して海外旅行をした」「○○が結婚する、○○に子どもが生まれた」と聞けば、「そりゃよかった」と言い、「○○さんのお父さん、お母さんがお亡くなりになった」「○○さんの子どもさんが交通事故に遭って入院した、○○が末期がんらしい」と聞けば、「お気の毒に」と思いつつも、それ以上に想念を深めることはなかった。

また、住まいのある近隣関係は、つき合いも少なく、極端にいえば「隣は何をする人ぞ」であったから、それぞれの家庭の喜怒哀楽や幸不幸を知る由もなかった。

そもそも、人の幸せを喜べる人、悲しみを悲しめる人は、悟りを求めて神仏の道に入った修行者ならばいざ知らず、劣等感や嫉妬心のある普通人には無理なことと思っていた。

なぜなら、いわゆる勝ち組は、格差を憂いながらも内心、上位にあることを喜び、後塵を拝した者を下に見る。反対に、敗者は、競争で敗れたことによる辛酸をなめ、日々の暮らしを憂い、悲しみや憤りが先行して、勝者を心から喜ぶ気持ちにはなれない。幸福と不幸は流転するのが必定であるから、もっと余裕をもって見てもよさそうだが、他者との比較は、目の前にある現実の比較であるから遠い将来を見据えることができない。

　数学者で文化勲章受章者の岡潔は、幼少から祖父に「人を先にし、自分を後にする」ことを言い聞かされて育ったと述懐している。

「人の喜びは、かぞえ年五つでややわかる。しかし人の悲しみが一応わかるのは小学校三、四年です。……十分わかるということは、人が悲しんでいるから自分も悲しくなる、悲しくなることがわかると自分も悲しくなるということです。……自分と人との区別ができるようになると自分を先にとって人をあとにまわすという本能があります。これを抑えて、人を先にして、自分をあとにするというしつけをすればよいのです、それが道義の根本なのです」（『岡潔集（第三巻）』学習研究社、昭和四十四年、二九六頁）。

「私は日々の一つ一つについてこの順序を実行しました。そうしているうちに、この順序が身についてしまったのです」（同書、一五七頁）

「初めにどのような感情意欲が働くかがたいへん問題になります。とりわけここへ利己的なものを入れさせてはなりません。この戒律は五つから与えるのがよいのでして、たとえば『他人《ひと》の喜んでいるのを見て喜ぶのはよい子だよ』というように、ごく根本だけをその子に合うようにくふうして教え、それを守らせるのです」（同書、二九三頁）。

　この品性は幼少期に意図的に教え込む必要があり、時機をはずせば体得することが難しくなることを示唆している。

ところが、六十歳を前にして、私の心境はがらりと変わった。人というものは実に我儘で身勝手なものだと思い出しては恥じる一例である。

人がなにかに挑戦しそれが成就したと聞けば素直に喜び、勝利に導いた過程・苦労話を詳しく知りたくなって尋ねた。尋ねられた彼（彼女）は一層、誇らしげに事の一部始終を語る。私が「自慢話はそれだけ？」と合いの手を入れるものだから、今度は失敗談も交えて話す。それで周囲が爆笑する。実によい雰囲気が生まれてきた。他方、失敗して打ちひしがれている人や、悲しみにくれている人には、どこか暗鬱な情緒のうごきあり黙って見過ごすことができなく、耳を傾けては、「大丈夫。それは深刻に悩むほどのことではない」と自分の失敗談や悲しみを包み隠さず告白するようにして勇気づけた。年を重ねると、同種の失敗や苦労、悲しみは経験していることが多いから、抜け出す道を伝えることができたのである。

それでは、なにが、私を変えたのかである。六十歳を前にして私は、幸い、大学院で経営学修士（ＭＢＡ）を取得することができた。それまでも仕事の評価は比較的高かったが、六十歳定年後の姿がぼやけて自信をなくしていた。人の生き方には関心を示さなかったはずの自分が思った以上に気に掛けていることにも気づいた。「少しぐらいできるからと言われたって、世間で通用するはずがない」と、その打開の道を探して悩み苦しんでいたときに今は亡き部下Ｏ君と家内が大学院での再履修を勧めてくれたのである。

自分が満たされているという状態、学ぶことへの躍動感、うれしい気持ちは他者の喜びをそのまま受け入れている心の余裕に変わった。原理は「他人と比較しない」ことである。

自分に求めるものが具体化すれば、その実現に向かって進めばよい。その進み方はそれぞれ皆違ってよい。かつて品質管理の第一人者・朝香鐵一先生が「富士山へ登る道は幾筋もある。自分の体力に合わせてもっとも合理的な道を選ぶこと、選んだ以上は必ず登頂すること」を説いていたが、改めて実感したのである。

自分が幸せでなければ他人の幸せ、喜びを喜ぶことは難しい。他人の価値観に振り回されることなく“Going my Way”である。

悲しみは余計な励ましは要らない。自分の体験を伝えるにしても簡潔にして、必要に応じて寄り添うだけでいい。後は、本人が（泣いて涙して）心の整理がつくのをじ～と待ってあげることである。

（2） 最後のミッション

人生の最終章を迎え、最後のミッションはなにか自問する。これまでの実績を虚心坦懐に顧み、以下の観点から将来の期待可能性を探ってみた。
①五十年以上に渡り日記を書き続けてきた
②専門書二冊、随筆四冊を発刊した
③社内外文書を数多く書き、文筆力はまあまあ持っている

④辞書を引くことを億劫がらない
⑤子どもたちと接するのが好きで、すぐに仲良しになれる
⑥子どもたちが自分の意思を正確に伝えられるようにしてあげたい
⑦子どもたちと一緒に日本の文化や歴史を学びたい
⑧夢を語れる子どもたちに育てたい

結論は次の二点になった。

[1]子どもたちの国語力を高める

あらゆる分野にグローバリゼーションが求められている。使用する言語は英語を中心にフランス語、ドイツ語、スペイン語、ロシア語、中国語、アラビア語など、多言語が飛び交う時代である。なかでも、わが国は英語の重要度が高く、英語教育は小学校から高校まで必修である。にもかかわらず実用レベルの英語に到達する人はごく少数である。読み・書きから、聞く・話すに重点が移ったとはいえ、そのレベルは心もとない。

その要因については、政府機関はじめ専門家からも多様な対策が提言され一部実行もされているが、私は、まずは、日本語つまり国語力を高めることが最重要ではないかと思っている。近年の日本語の乱れは私のような世代(団塊世代)には戸惑うばかりである。

例えば、「全然」という言葉がある。次に続く言葉がてっきり否定表現かと思っていると全く違

って肯定表現になることが多い。言葉は時代とともに変化するとはいってもこれは他者に間違ったメッセージを送ることになるのではないかと危惧する。「全然大丈夫」は、全然大丈夫どころか全然ダメなのである。その他「ら抜き言葉」や「さ入れ言葉」は日本語の乱れの代表格と言われて久しい。

私の最後のミッションは、作文塾を作って、作文を通して子どもたちの国語力を高める、ということである。

前述の数学者で文化勲章受章者の岡潔によれば、記憶には「無努力の記憶」と「努力してする記憶」の二種類があって、ともに大切であるが、これらは時期が違っていて季節はずれに教えたのでは効果がないという。

「むかし、寺子屋で小さな子には字や素読を教えました。小学入学前一年と小学一、二年くらいがそれに相当する時期ではないかと思うのですが、このころの子は、大人から見れば不思議な記憶力を持っています。……国語審議会は漢字は教えにくいものと決めてかかっているようですが、この時期に教えればその悩みは解消します。文部省のやり方は小学一年から五年まで、この種の記憶力がだんだん減っているのに、加速度的に多くむつかしい字を教えようとしているのです」（『岡潔集（第三巻）』学習研究社、昭和四十四年、一七三頁）

つまり、小学校入学前後に集中して多くの漢字を記憶させよというのである。平成二十年の年の暮れ、上海旅行した際に、私たちを案内してくれたガイドさん（三十代と思しき女性）が「中国人は日本人よりも三倍は多く漢字を読めると思います」と話していた。その通りだと思った。こんな漢字があったのかと、今も漢和辞典を引いては嘆息している。

そして、「努力してする記憶」としては、「中学へはいってからは、教科書を丸暗記させるのがよろしい。意味ではなく文章そのままです。始めは下手ですが、だんだん上手になって、中学三年、高等学校一年で頂点に達します。そんなことをさせて、何の利益があるのだとお思いになるかもしれませんが、これをしようとすると、非常な精神集中、精神統一がいるのです」(同書、一七四頁)。

私にもレベルは違うが、中学三年から高校一年頃まで英文の長文(大体十行前後であるが)を意味ではなく文章そのままが、フイルムに浮かび上がるように記憶できた時期があった。それが、この記憶であろう。

さて、子どもたちの国語力を高めるための作文であるが、ただ言葉や文体を直すのでなく、書いた内容を尊重して、何を言いたいのか、どんな表現が相応しいのか、自分の意思が思いどおりに伝わっているかを確認しながら作文能力の向上につなげたいと思っている。

作文能力の向上は、一般的には論理的思考力、表現力、理解力、読解力、想像力などが付くといわれている。そのとおりだと思うが、自分の意思を明確に他者に伝えることができる子どもたちに育てたいと思っている。そして、漢字をたくさん覚えることで語彙を増やしていく。語彙が豊富になると、書くことの楽しさと喜びを実感できるようになる。

課題は、作文塾の場所的確保である、自治体によっては、ボランティア活動の一環として取り組んでいるところもあり、そうした機会を得たいと思っている。

[2]夢を語れる子どもたちに育てる

What would you do, if you were president.
If I were president, I would give poor people houses.
もし、あなたが大統領なら、なにをしますか。
もし、私が大統領なら、貧しい人々に家を与えるだろう。

これは、数年前、ニューヨークの郊外に住んでいた孫息子が、地元の小学校へ入学した小学1年生の時に担任の先生から発せられた質問とそれに対する返答である。宿題なのかそれとも授業時間中に書かれたものなのかわからないが、紙に絵と文字で書いてある。絵は窓のあるロフト付きの二階屋で、黄色と紫の壁、暖炉があると見え煙突から煙が出ている。庭には、家人と思しき男女二人が立っている。そして、右下隅にはアメリカ合衆国の国旗が描かれている。

カラフルで明るいこの絵を見ながら、アメリカは、小学生になったばかりの子どもたちに「大統領になったなら何をするか」と問い、小さい頃から自国の政治に関心を持つように教育されている。こうした質問をされたら子どもたちも良い気分になって真剣に考える。「大統領になる」ことは、適わぬ夢ではなく、実現可能な夢なのだ。だから、自然に星条旗を描いてしまう。こうして愛国心はしっかりと植え付けられ育っていくのだと感心した。

初めてニューヨークを訪れた時、通りに面したビルというビルから星条旗が掲げられている光景を見て、心が奮えたのを覚えている。国旗の掲揚による愛国心と国威発揚が市民生活に完全に溶け込んでいると思った。

一方、日本はどうだろうか。公立の小学校で「もし、あなたが総理大臣なら、なにをしますか」と社会科の授業で質問するだろうか。そもそも、国が安定して平和であり国民もそれなりに豊かな生活ができているから、普段から政治への関心は薄い。国民の祝日に日の丸の旗を掲揚する光景など、見なくなって久しい。だから、子どもたちが自分が将来なりたい職業のなかに最初から「総理大臣」の選択肢がないのが実際であろう。

また、こうした質問を公立小学校で行ったとしたら、「現政権を支持するように仕組まれた巧妙な質問である」といって、異を唱える政党や政治団体が出てくるのが容易に想像できる。結果、政治的なことは授業では触れないようになるのであろう。日本の子どもたちが政治に無関心であることは、こうした背景があるのだと思う。

かつて、「末は博士か大臣か」は、立身出世の究極の成功例として引き合いに出したものであるが、今では、うっかり口にするものなら、皆の笑いものにされるだけである。

小学生に「将来なりたい職業」を尋ねた調査結果（いずれも二〇二一年実施）が、日本ＦＰ協会や第一生命保険株式会社から発表されている。両者でランキングは異なっているが、以下のとおりである。

日本ＦＰ協会の調査結果によれば「会社員・事務員」が男女揃って初のランキングトップテン入りしたという。男子は、一位がサッカー選手・監督など、二位野球選手・監督など、三位医師、四位ユーチューバー、五位ゲーム制作関連で、六位に会社員・事務員が入っている。一方、女子は、一位が医師、二位看護師、三位保育士、四位イラストレーター、五位教師で、十位に会社員・事務員が入っている。

第一生命の調査結果は、男子は、一位が会社員、二位ユーチューバー／動画投稿者、三位サッカー選手、四位ゲームクリエーター、五位医師である。女子は、一位がパティシエ、二位教師／教員、三位幼稚園の先生／保育士、四位会社員、五位漫画家の順である。

なりたい職業は世相に敏感に反応するといわれている。会社員・事務員がランクインする背景には、コロナ禍の影響で家庭でリモートワークするなど、子どもが仕事をする親の姿を間近に見て、「会社員」という職業に興味を持つようになったという見解がある。しかし、真の要因は不明である。なお、別の調査では、男子は、一位公務員、五位警察官、女子は、三位公務員が入っており公務員の人気も手堅い印象を受ける。

かつてはノーベル賞受賞者が出たときには「学者／科学者／博士」なども常連だったと記憶しているし、「バスの運転手」や「電車の運転手」も人気職業だった。「宇宙飛行士」や「パイロット」、「外交官」「法律家」「会計士／税理士」「通訳／翻訳家」「会社社長」などもランクインされていたように思う。一方、「政治家」がないのは、不祥事続きで小学生の目にも〝国民の選良〟と映らなくなったのかもしれない。全体に夢が小さくなった印象である。

子どもの数が減り、親は一層、子どもの将来が安定して豊かな人生でありたいと願う。景気に左右されない、安定した収入が見込める職業、女子であれば、結婚や出産をした後も働ける仕事を重視する。一方で「子どもの人生だから」といいつつ、自分たちが実現できなかった夢を託そうとする。子どもは親の思いを敏感に受け止め期待に応えようとする。

ある調査によれば、「人のためになることをしたい」など漠然とした目標はあるものの、具体的な「夢」と感じることがない。さらには、「選択肢を増やすためにいい学校へ進学したい」と考え、いい学校へ進学することが「夢」だと誤解している子もいるという。一見、賢く無難な答えの背後には親の意向が染みついて、すでに呪縛されているのである。

小学生に向かって、将来なりたい職業を尋ねることは、ある意味酷である。世の中に、どんな職業があるか知らないし、それまで見聞した職業はごく限られているからである。親が自分の夢や目標を語ることはいいことであるが、先回りして誘導することは避けたい。

むしろ、この時期に大事なことは、無理に決める必要はなく、いろんな人が働いている現場を見る機会を増やすことである。それによって子どもは見聞を広め、興味を持つことが大事である。たとえ、それが他人には理解できない夢であっても、親（大人）の判断でその可能性を否定することなく、理解し応援することが肝要である。

子どもが見聞を広める機会はいたるところにあるし、突然現れる場合もある。それを運命と悟ればなお意志は強固になるはずである。そして、親はそれを「待つ」ことである。

次男が小学五年生の時、会社の保養所が静岡県伊東市にあったので、一泊二日で伊豆を遊覧した。付近には大室山、サボテン公園、城ヶ崎海岸の大吊橋など観光名所がある。市内には伊東市出身の医学者にして、詩、文学、美術など広い分野で優れた功績を残された木下杢太郎を称えて建立した木下杢太郎記念館がある。外観は一九〇七年の建築そのままに土蔵造りになまこ壁を配し、館内には、杢太郎の著書、絵画、遺愛品、写真はじめ、杢太郎と交流のあった文学者等の書簡や作品が展示されている。記念館の裏手には天保六（一八三五）年に建てられた生家が当時のままの状態で保存され、伊東市内において現存する最古の民家として市指定文化財となっている（記念館ノートから）。

次男は展示物を熱心に見ている。そして一通り見終わると、二階へ上り、しばらく海を眺めていた。記念館を出る時に「僕も医者になる」と宣言した。それから一年が経過した六年生の時に、通っている小学校で「将来なにになりたいか」の発表会があった。皆それぞれになりたい職業の恰好で登場して発表した。そのとき、白衣姿で聴診器をもって現れた（わが家系には医者はいない）。一年前の木下杢太郎記念館で受けた印象が強烈で、その後も変わらず継続していたのであろう。私たち夫婦は、ただ驚いた。その意志はその後も変わらず、今、脳外科医・漢方医として活躍している。

よき水先案内人は頼りになる。しかし、口を出し過ぎると意志がしぼんでしまう。ただ「待つ」ことに専念して、朗報を知る。

最後のミッション、それは、未来ある子どもたちと話すたびに、未来のことにちょっと触れてみる、そして今、描いていることに共鳴しては、さらにその先のことを語り、一緒になって夢を膨らます。そんな人生でありたいと思っている。

あとがき

本書は当初、既刊の『もの言える老人のための条件――老年書生の境地』『新・老年書生の境地』に続く三部作として、「老年書生の境地」をタイトルの一部に入れる予定であった。

ところが、世相を達観して見られるはずの「境地」が、書き進むにつれて、内容が段々と「こだわり」にシフトしていき、書き終えてみると、「境地」にはほど遠い自分に気づいた。途中、構成と内容を変えて「境地」へ戻そうとしたが、それも適わず、これが今の自分の姿でありスタイルであると諦め、そのまま『老年書生のこだわり』に決めた。

夏から原稿を書き始めたが、天候がいつになく不順で筆が進まない日もあったが、大学院時代の指導教授である大野正道先生が「書けるところから書き上げてそれを積み上げる」ことが本を書き上げる秘訣だ、といっていたことを思い出し、目次の順番にこだわらずに進めたのがよかった。

加えて会社員生活もそう先が長くないこと、小学生の孫たちの顔を思い出しては励まされ、机に向かうことができた。

先達の著書で読めない文字や意味は、その都度、大辞泉、漢和辞典、古語辞典を引きながら読み、書き進めるのだが、それにしても、『良寛』の著者・東郷豊治、『日本人の精神史』の著者・亀井勝一郎の文章には難解な言葉が多く、さらに『良寛』では和歌の知識も求められ、本当に苦労した。昔の人の国語力というか表現の豊かさに敬服しては嘆息しての連日であった。

令和四年　晩秋

著者識

枯れ葉散る庭に群れ咲くホトトギス

伊豆、宇佐美にて

【著者】

原田國夫

…はらだ・くにお…

1949年生まれ。1973年法政大学法学部法律学科卒業。首都大学東京大学院 社会科学研究科博士前期課程経営学修了（MBA）。筑波大学大学院ビジネス科学研究科博士後期課程単位取得退学。日本中小企業学会会員。現在、内野建設株式会社（東京都練馬区）参与。著書には『会社法174条』（同友館、2014年）『中小企業のための事業承継の実務』（共著、中央経済社、2017年）『体験的中小企業論』（同友館、2019年）『晩年の素顔』（内野建設、2020年）『もの言える老人のための条件―老年書生の境地』（彩流社、2021年）『新・老年書生の境地』（彩流社、2022年）「事業承継問題研究会報告書」（共同、全国中小企業団体中央会、2015年）等がある。

Sairyusha

老年書生《ろうねんしょせい》のこだわり

二〇二三年三月一日　初版第一刷

著者――原田國夫

発行者――河野和憲

発行所――株式会社 彩流社

〒101-0051

東京都千代田区神田神保町3-10大行ビル6階

電話：03-3234-5931

ファックス：03-3234-5932

E-mail：sairyusha@sairyusha.co.jp

印刷――明和印刷（株）

製本――（株）村上製本所

装丁――中山銀士＋金子暁仁

ISBN978-4-7791-2886-8 C0095

http://www.sairyusha.co.jp